L'EXÉCUTEUR

LE PARRAIN DE NETTUNO

DON PENDLETON

L'EXÉCUTEUR

LE PARRAIN DE NETTUNO

Photo de couverture : PICTOR INTERNATIONAL

La loi du 11 mars 1957 n'autorisant aux termes des alinéas 2 et 3 de l'article 41, d'une part, que les *copies ou reproductions strictement réservées à l'usage privé du copiste et non destinées à une utilisation collective*, et, d'autre part, que les analyses et les courtes citations dans un but d'exemple ou d'illustration, *toute représentation ou reproduction intégrale ou partielle faite sans le consentement de l'auteur, ou de ses ayants droit ou ayants cause, est illicite* (alinéa 1er de l'article 40). Cette représentation ou reproduction, par quelque procédé que ce soit, constituerait donc une contrefaçon sanctionnée par les articles 425 et suivants du Code pénal.

© 1990, Presses de la Cité-Poche/HUNTER.

ISBN 2-258-03249-0

CHAPITRE I

— Non, les gars! NOOONN!
Mais c'était trop tard. L'enfer s'était déclenché d'un coup. Sans prévenir. Un enfer de feu, de plomb et de sang qui transformait le décor, qui éclaboussait les murs et qui teintait de rouge sombre l'univers aseptisé de verre et d'acier qui avait été celui de la *Strand Corporation*. C'était comme une escadrille de guêpes qui se serait soudain abattue. Des guêpes démentes qui distribuaient la mort en zonzonnant sinistrement. Sur la gauche de l'Exécuteur, l'unique lampe de bureau allumée vola en éclats et un cri de douleur résonna près de lui.

Sammy venait d'encaisser.

Un minable petit bookmaker du Bronx manipulé par Bolan et qui était tombé dans le panneau en acceptant de lui faire rencontrer « Pépé » Robertino à la *Strand Corporation*. Une des sociétés écran de la nouvelle mafia new-yorkaise. Le petit book, intermédiaire à ses heures entre les acheteurs potentiels de came et les distributeurs avait plongé. Accepté d'accompagner Bolan. Mais « Pépé », l'actuel boss de New York, était un vicieux. Et un type prudent. Depuis longtemps, il savait que le book croquait au râtelier du DEA[1]. Des trucs pas très graves et qui pouvaient même rendre des services. Malheureusement, cette fois, il avait dû le faire étroitement surveiller, et en fait de marché juteux, l'affaire se soldait par une distribution gratuite de ce qui manquait le plus au rabatteur : du plomb dans la tête.

Dès les premiers échanges, son gros corps de poussah avait tournoyé sous la grêle mortelle, avant de s'écrouler aux pieds de l'Exécuteur. Ironie du sort, car en voulant tenter d'arranger les choses, en essayant de prouver sa bonne foi, il s'était avancé vers les pourris, attirant vers lui leurs tirs convergents. Avantage certain, l'Exécuteur savait à présent où se situait l'ennemi. Grâce aux éclairs de ses propres tirs.

Apparemment, ils étaient trois. Quatre au maximum.

Des flingueurs condamnés, sacrifiés par « Pépé » Robertino qui avait cru à un piège du DEA. Des obscurs sur lesquels on ne trou-

1. DEA. Drug Enforcement Administration.

verait sans doute aucun papier. Des cobayes destinés à déjouer la manœuvre des flics. Evénement assez courant au sein de *l'Organized Crime*, univers où la vie des autres n'avait aucun prix.

C'était la jungle.

Mais pour l'instant, l'Exécuteur songeait à des choses plus urgentes. Sans états d'âme. Il fallait éliminer ces abrutis. Dans le halo de vague lumière provenant d'un bureau voisin, il esquissa une ombre de sourire glacé, avant de lever la mini-Uzi.

Il avait deux ou trois secondes pour agir.

Pour un homme comme lui, une éternité.

A la cadence de tir infernale des 600 coups/ minute de la mini-Uzi, il mit exactement deux secondes. Pour vider vingt cartouches de 9 mm Parabellum. Une simple esquisse d'éternité.

Ensuite, le silence.

Un silence presque sonore. Insupportable. Car après l'enfer, il faisait mal aux oreilles. Par précaution, l'Exécuteur attendit. Immobile. Mais au moment où il allait se relever, à l'instant où son ouïe commençait à reprendre son acuité normale, il perçut la présence.

Ou plutôt, son instinct de guerrier la devina.

Il restait un vivant. Indemne. Sa respiration régulière en faisait foi. Un souffle calme, presque inaudible. Il restait donc un flingueur vivant. Soit que les balles de l'Exécuteur l'aient épargné, soit qu'il s'agisse d'un cinquième pourri placé là pour faire diversion.

Il fallait vérifier.

Facile. A condition d'appliquer les vieilles méthodes. L'Exécuteur avait déjà engagé un nouveau chargeur dans la mini-Uzi. Tirant quelques cartouches de sa poche, il les balança loin de lui. Dans le secteur où il s'était trouvé un peu plus tôt. Trop impatient, l'autre commit aussitôt l'erreur.

Une rafale. Longue, meurtrière.

L'Exécuteur n'attendait que cela. Il avait aperçu les éclairs. Droit devant. Il pressa la détente de la mini-Uzi. Une seconde seulement. Le staccato meurtrier fut suivi d'un cri, puis d'un bruit sourd. La chute du pourri.

Mais ça pouvait être un piège. Par acquit de conscience, l'Exécuteur tira de nouveau. En effectuant un mouvement de balayage. Puis il retourna le bloc des chargeurs scotchés tête-bêche, envoya une dernière longue rafale dans la même direction et patienta encore un petit moment. Mais cette fois, c'était fini. Plus que l'odeur de la cordite, celle du sang et de la mort.

Pour la sécurité, il lança quelques autres cartouches en bondissant dans la direction opposée et en s'accroupissant aussitôt. Juste derrière le bureau métallique qu'il avait repéré près de la porte à son arrivée. Déjà, son index était posé sur l'interrupteur. Autour, le silence régnait toujours. Alors, l'Exécuteur pressa le bouton électrique et une lumière blême jaillit du plafonnier.

Pour révéler le carnage.

Exactement six cadavres, avec celui de Sammy et celui du cinquième pourri débusqué par Bolan. De *vrais* cadavres. Hachés, méconnaissables. Il y avait du sang partout. Sur le sol, sur les murs, sur les portes et même au plafond. L'odeur acide commençait à prendre à la gorge. L'Exécuteur s'en moquait. Arrachant un dernier chargeur double de la ceinture de sa combinaison noire, il l'enclencha dans la poignée de la mini-Uzi. Puis, empoignant le sinistre Beretta de l'autre main, il marcha jusqu'à la porte du bureau voisin.

Personne.

Il fit demi-tour, quitta le lieu du carnage. Dans le hall d'entrée de la *Strand Corporation*, il récupéra la petite sacoche en cuir noir qu'il y avait laissée, lança un regard neutre au grand cadavre toujours allongé près de la porte. Le comité d'accueil. L'énorme 357 Magnum au canon de quatre pouces était resté dans le holster de ceinture. Le type n'avait rien vu et rien compris. Car par souci de discrétion, l'Exécuteur avait dû se contenter de l'égorger. Le plus proprement possible. Il y avait quand même cinq litres de sang sur le carrelage. Détail incontournable.

Restait le coffre.

Dans le bureau directorial. Celui de Matt Salvano. Le gendre de « Pépé » Robertino. Bolan trouva le local tout au fond d'un couloir grand comme la Cinquième Avenue. Porte blindée, fermée à clé. Mais grâce au petit « passe » à pompes réglables, gadget spécial FBI, autrefois fourni par Hal Brognola, il déjoua les secrets de la complexe serrure et pénétra dans les lieux. D'un coup de lampe de poche, il inspecta le secteur et alla baisser les stores des baies vitrées avant d'allumer la lumière.

Ici, c'était le luxe. Le fief de Salvano. Actuellement en voyage à Nassau. Un vrai bureau de *col blanc*. La nouvelle génération des pourris soignait le look. Moquette blanche au sol, acier brossé aux murs, bureau empire authentique supportant trois téléphones, dont un rouge. Celui qui intéressait Bolan. Face au bureau, les mêmes panneaux d'acier couvraient le mur. Mais, Bolan le savait par Phil Necker, le fédéral-taupe dangereusement installé au sommet de la *Commissione* de New York, derrière cet acier-là, il y avait de l'or.

Le plan hypersecret du programme « FIRE. »

Un bon petit complot bien sanglant et bien pourri. Imaginé par le *Protector* en personne, et destiné, à l'issue d'une succession d'attentats et « d'accidents » divers, à mettre en place de nouveaux chefs de la police un peu partout aux USA. Des flics à la solde de l'*Organized Crime*. Un plan abrité dans un coffre réputé inviolable, mais que l'Exécuteur avait décidé d'ouvrir. Grâce à un matériel spécial et hypersophistiqué mis au point par Herman Schwarz, dit Gadgets.

Une opération déjà réussie dans le passé.

L'Exécuteur allait tenter de la répéter.

Il ouvrit la sacoche en cuir noir, en sortit un schéma explicatif qu'il étala sur le bureau et tout un appareillage, artisanal et complexe, composé de fils, d'électrodes sur ventouses, d'un casque d'écoute et d'un boîtier. Sur celui-ci, une dizaine de touches marquées de 0 à 9, un bouton rouge et un bouton noir, ainsi que six cadrans aveugles. Bolan enfonça la touche marquée zéro. Six fois. Et sur chacun des six cadrans, le chiffre zéro apparut en orange lumineux. Bolan coiffa le casque, commença à fixer les électrodes à ventouses sur un des panneaux d'acier brossé du mur situé face au bureau. Un travail délicat. Pour chaque électrode, il devait procéder selon les instructions précises du schéma. Ceci terminé, il patienta un peu avant de percevoir un ronronnement léger dans le casque d'écoute. Aussitôt, plusieurs nombres s'inscrivirent sur les six cadrans. Une ombre de sourire glacé passa sur ses lèvres. La première étape de l'ouverture du coffre était franchie. Il avait mis moins de temps que prévu.

Restait la partie dangereuse. Car à la plus petite fausse manœuvre de sa part, les alarmes se déclencheraient. Dont celle qui était directement reliée au central de la police. A deux minutes de l'immeuble.

Depuis quelque temps, les *amici* en mal de respectabilité n'hésitaient pas à se mettre sous la protection bienveillante des flics. Un comble !

L'Exécuteur se voyait mal pris en flag avec tous ces cadavres dans le secteur. Il attira un des téléphones du bureau près de lui, colla la plus grande des ventouses à son écouteur annexe, décrocha le combiné et composa le numéro d'appel du char de guerre. Le troisième. Celui qu'il n'avait jamais confié à personne. La sonnerie ne retentit qu'une demi-fois, avant que la voix d'Herman Schwarz ne résonne dans le combiné :

— *Dakota*.

Le code utilisé entre l'Exécuteur et ses amis.

— J'y suis, fit Bolan. Tout est O.K.

— *Bien reçu. Annonce les numéros gagnants.*

Bolan lut les nombres indiqués sur les cadrans, en commençant par le haut, et en énonçant les numéros des électrodes auxquels ils correspondaient. Au bout du fil, il y eut un silence, avant que le génial Gadgets ne lâche :

— *C'est bon. Le panneau devrait s'ouvrir dans dix secondes.*

Il y eut effectivement une poignée de secondes de silence, avant qu'un léger déclic ne s'élève dans le mur, face à Bolan. Avec soulagement, il vit un des panneaux d'acier brossé pivoter sur un axe invisible et s'ouvrir comme une porte d'armoire avec un ronronnement huilé. Derrière, il y avait un autre panneau d'acier. Gris. Sans la moindre poignée ni le plus petit bouton moleté ou chiffré. L'Exécuteur annonça :

— O.K. pour phase N° 1.

— *Bon, on y va. Montre-toi persuasif avec la jeune mariée. Sois caressant sur les touches et ne te trompe pas. Quota d'erreur, un seul retour en arrière sur chaque chiffre.*

— Je sais, grogna Bolan.

Pour avoir déjà pratiqué l'opération, il savait en effet qu'une fois que le ronronnement qui venait de s'élever dans son casque serait jugé optimal, il n'aurait qu'une possibilité de correction. En plus ou moins fort. Le son « codé » était en effet lui-même piégé. Dépassée d'un seul décibel, la sécurité intervenait. Heureusement, de son côté, Herman Schwarz veillait au grain. Grâce au matériel hypersensible du module opérationnel garé dans les sous-sol, au pied des colonnes techniques du building, il pourrait guider l'Exécuteur avec un maximum de précision. Mais rien n'était gagné d'avance. Par téléphone, les décibels avaient une fâcheuse tendance à la fantaisie.

— Prêt ? demanda Bolan.
— *Affirmatif.*

Sans hésiter, l'Exécuteur avait déjà commencé à manœuvrer les touches chiffrées. Très lentement. Ecoutant attentivement les sons qui sortaient dans son casque, les estimant, les vérifiant, attendant à chaque fois le feu vert de Gadgets avant d'enfoncer le bouton rouge qui enregistrait la confirmation du code. Mais l'erreur était possible à chaque instant.

Les deux hommes travaillèrent ainsi près de dix minutes, avant que la voix tendue de Gadgets ne résonne différemment dans le combiné.

— *On n'est pas loin, mais les oscilloscopes frémissent encore un chouïa. C'est peut-être les parasites de la ligne. Je vais tester.*

Puis un peu plus tard :
— *C'est presque O.K. En principe.*
En principe ! S'il se trompait, ce serait bientôt l'hallali. L'Exécuteur n'aurait qu'une minute pour quitter l'immeuble, car ce dernier serait presque aussitôt investi par les *cops*. L'Exécuteur se voyait mal faire du tir aux pigeons sur la poulaille. En principe, sa guerre, il la réservait à l'*Organized Crime*. Une guerre de plus en plus violente. De plus en plus sophistiquée aussi. En effet, depuis son blitz thaïlandais qui avait vu mourir Liang et la mère du petit Cheng, la haine s'était encore attisée dans chaque camp. Comme pour le massacre des siens des années plus tôt, l'Exécuteur savait qu'il lui était impossible de pardonner la mort de Liang, son presque fils, et celle de Ly Anh, la jeune épouse de celui-ci. Pas plus qu'il ne passerait l'éponge sur le calvaire du petit Cheng que le viol et l'assassinat de sa mère avaient plongé dans la hideur. Depuis, malgré les soins éclairés des plus grands spécialistes, malgré le dévouement de Viviane Beck, la jeune Helvète qui dirigeait la Fondation Miséricorde dans les environs de Genève, le petit garçon n'avait pas retrouvé la parole. Muet d'horreur. Muré dans le drame permanent de son théâtre intérieur.

Mais Mack Bolan espérait encore.

Un jour, le petit Cheng cesserait de hurler

en dedans. Il apprendrait alors à prononcer le nom de Bolan et les insupportables souvenirs iraient s'enfouir très loin, quelque part dans les mystérieux méandres de sa mémoire violentée.

Un jour aussi, l'Exécuteur tuerait le *Protector*.

Si Dieu ou le diable lui permettaient de vivre jusque-là.

— *O.K.*, fit soudain la voix de Gadgets, dans l'appareil. *L'oscilloscope se calme. C'est quand tu veux.*

Brusquement rappelé au présent, Bolan lança :

— Bien reçu. *Top* technique dans deux secondes. Si les *cops* déboulent, tu décroches. Terminé.

Il reposa le combiné sur sa fourche, coupant ainsi le cordon ombilical d'assistance qui l'avait relié à Gadgets, puis, abandonnant le casque d'écoute, il décrocha enfin le téléphone rouge, et, suivant attentivement l'ordre des chiffres inscrits sur les trois premiers écrans du boîtier technique de Gadgets, il commença à les composer sur le clavier à touches. Tous les chiffres. Ceux que le constructeur avait inscrits dans la mémoire de la sécurité, et que le client n'avait pas à composer lui-même. Ils constituaient la « carte d'identité » du coffre. Celle grâce à laquelle ce même constructeur pouvait éventuellement ouvrir le coffre en cas de panne. A condition que le client lui fournisse son password de secours. Un code connu de lui seul et précisément prévu à cet effet.

Maintenant, les chiffres défilaient.

Peu à peu, à mesure qu'ils s'alignaient sur l'écran de contrôle, la tension de l'Exécuteur montait. Les flics, il saurait les éviter le cas échéant. Mais il y avait le verdict de l'ordinateur du coffre et de sa quatrième série de chiffres. Celle qu'il espérait avoir « piratée » grâce à ses manipulations. Si le coffre s'ouvrait, ce serait toute une vaste opération criminelle à l'échelon fédéral qui serait déjouée. S'il demeurait clos, l'Exécuteur resterait aveugle dans cette affaire et il en serait réduit à poursuivre sa guerre au coup par coup, attendant une autre meilleure occasion.

Ou la rafale ennemie qui mettrait fin à sa croisade.

Il arrivait à présent aux cinq derniers chiffres. Ceux du quatrième cadran, ceux du client. L'Exécuteur n'était pas homme à hésiter. Il n'avait pas le choix. Prêt à tout, il enfonça de nouveau les touches du clavier téléphonique. Une fois... deux fois... trois fois... quatre fois...

Puis il laissa passer dix secondes, se dit que c'était fichu. Devant lui, la porte d'acier gris n'avait pas frémi. Il jura sourdement, fut tenté de rappeler le char de guerre, s'en dissuada aussitôt. Déjà, l'alerte devait être donnée au central de la police. Déçu, il allait commencer à arracher les mini-ventouses du dispositif, quand une série de déclics feutrés se fit entendre quelque part. Il se figea, leva les yeux. Dans le mur, un imposant bloc d'acier d'au moins quarante centimètres d'épaisseur était en train de pivoter.

La porte du coffre!

Un coffre bourré de documents divers et de dossiers comptables. Sur l'étagère du haut, des liasses de dollars, de livres sterling et de francs suisses étaient alignées comme à la parade. A l'estimation, trois ou quatre cent mille dollars. Une manne qui aurait singulièrement arrangé la trésorerie fluctuante de la Fondation Miséricorde. Mais cette fois, pas question de prélever un seul cent. Les *amici* devraient ignorer jusqu'au bout que quelqu'un avait violé le coffre. Jusqu'à ce que leur fameux plan « FIRE » soit déjoué. En attendant, il fallait trouver les documents.

Et les photographier.

L'Exécuteur fouilla de nouveau dans le sac en cuir noir, en sortit un appareil Minox doté d'un chargeur de film de 120 poses et à grande sensibilité. Un matériel revu et corrigé par les soins du génial Gadgets. Il le posa sur le bureau, se lança dans l'examen des différents dossiers du coffre et tomba presque tout de suite sur le bon. Rouge, sans titre, épais comme un cahier d'écolier. Il l'ouvrit, parcourut au hasard quelques-unes des pages imprimées *listing* et une ombre de sourire glacé erra une seconde sur ses lèvres.

C'était bien le plan « FIRE. »

Et c'était de la dynamite !

Bolan disposa les feuillets sous la lampe du bureau, commença aussitôt son mitraillage systématique. Un travail méthodique qui lui prit presque un quart d'heure. Puis il redisposa les dossiers dans le coffre, exactement comme il les avait trouvés. Il repoussa le lourd battant d'acier, perçut une série de déclics ouatés. La procédure automatique de reverrouillage.

Opération achevée.

Il fila au téléphone rouge et composa de nouveau le numéro secret du char de guerre. Gadgets répondit aussitôt et Bolan déclara :

— Terminé.

— *J'ai entendu.*

Ce qui était exact. Tout au long de l'opération, Herman Schwarz avait pu suivre son déroulement grâce aux branchements spéciaux de l'Exécuteur sur le téléphone rouge. Jusqu'à l'ouverture du coffre. Bolan questionna :

— La voie est libre?
— *Affirmatif*.
— O.K., fit Bolan. Décrochage dans deux minutes.

Il reposa le combiné sur sa fourche, rangea son matériel, vérifia que tout était O.K. et se dirigea vers la porte. Il allait ouvrir cette dernière quand la sonnerie d'un téléphone du bureau vrilla le silence.

CHAPITRE II

D'abord, l'Exécuteur songea à ne pas décrocher, puis un signal d'alarme résonna dans sa tête. C'était peut-être Herman qui le rappelait. Pour l'avertir d'un danger. Il bondit jusqu'au bureau, décrocha l'appareil avec lequel Gadgets et lui avaient correspondu et refit le numéro du char de guerre. Herman Schwarz décrocha aussitôt.

— *J'ai entendu*, fit-il.

Il était toujours dans les sous-sol du building de la *Strand Corporation* avec ses gadgets branchés sur les lignes du bureau. Bolan ouvrit la bouche pour parler, mais comme s'il avait pu le voir ou s'il comprenait tout d'avance, le génial Herman Schwarz le coupa :

— *Ça va. Tu peux décrocher.*

Conservant le contact avec Gadgets, Bolan souleva le combiné, arrêtant enfin la sonnerie. Au bout du fil, il y eut un silence, un souffle, puis comme Bolan restait silencieux, une voix demanda :

— *Mister Salvano ?*

Une voix de femme. Il fallait se décider. Vite. Aiguillonné par son instinct de chasseur, l'Exécuteur plongea :

— *Yeahhh !*

Il avait vu une fois Matt Salvano répondre aux questions d'un reporter de la CBS aux funérailles d'un « ami ». Il avait retenu les inflexions de sa voix aigre et cette façon de parler traînante. La femme eut une hésitation et lâcha très vite :

— *C'est Jennifer. Je suis rentrée hier. J'ai ce que vous m'avez demandé.*

L'Exécuteur tombait des nues. Il hasarda :

— O.K., fit-il. Dites-moi où je dois le faire prendre.

— *Je veux vous le remettre en main propre. Il faut qu'on se rencontre de nouveau.*

De nouveau, signifiait que l'inconnue avait déjà vu Salvano. Terrain glissant. Il fallait biaiser.

— Impossible.

Le coup de poker. Un autre silence, une respiration plus forte.

— *Ecoutez, monsieur Salvano,* reprit la voix avec plus d'assurance. *Vous aviez dit qu'on ferait l'échange sans intermédiaire. Je...*

— Impossible, répéta Bolan. Je vous envoie mon *consigliere*. Si c'est une question de fric...

— *Non, non!*

Quelque chose disait à l'Exécuteur qu'il était en train de vivre un truc intéressant. En ce moment, tout ce qui touchait de près ou de loin à la famille de « Pépé » Robertino ou à celle de son pourri de gendre le captivait. Il y eut encore un léger temps mort sur la ligne, avant que l'inconnue ne reprenne:

— *Ce n'est pas ça, monsieur Salvano. Vous me devez encore dix mille. Ça suffira, mais...*

— Mais?

— *Mais ces photos sont extrêmement... Je veux dire qu'il ne faudrait pas qu'elles tombent dans des mains étrangères.*

— Je préfère qu'on ne nous voie pas ensemble, contra Bolan. Mais il n'y aura pas de loup. Mon *consigliere* est O.K. Il peut tout voir et tout entendre.

Un soupir, puis:

— *Comme vous voudrez. Il aura l'argent?*

— Bien sûr.

— *Dans ce cas, que diriez-vous de l'endroit de notre dernier contact?*

Nouveau terrain glissant. Difficile de lui demander où c'était. Cela pouvait aussi bien être au bout du monde. La première maladresse risquait de rompre ce fil né du hasard. Il offrit:

— Où vous voudrez, mais plutôt dans le centre-ville.

Hésitation, puis :

— *A New York, les bars ne manquent pas.*

New York. Parfait.

— Le *Babys*, renvoya aussitôt l'Exécuteur. Un bar de Greenwich Village, sur Christopher Street. Derrière St Luke's Chapel.

— *Je connais. Quand ?*

— Quand vous voulez.

Toujours la pêche à l'aveuglette. Heureusement, l'inconnue proposa :

— *Ce soir ? Je veux dire, maintenant ?*

A la tension de la voix, Bolan comprit que la mystérieuse Jennifer était pressée de se débarrasser desdites photos. Il fit mine d'hésiter, consulta sa montre. Il était 21 heures.

— D'accord, finit-il par accepter. Disons 23 heures. Donnez-moi un signe distinctif pour que mon gars vous identifie.

— *Je porterai un tailleur blanc avec un foulard-cravate rayé blanc et bleu.*

— Bien. Mon gars s'appelle Dakota. Un grand. Pas l'air d'un *consigliere*. Look militaire.

— *D'accord. J'y serai.*

Bolan l'espérait bien. Sa correspondante avait déjà raccroché et il en fit autant.

— C'est O.K. ? lança-t-il aussitôt dans l'autre combiné.

— *Faut voir,* répondit la voix de Gadgets. *On se rejoint au van.*

L'Exécuteur coupa le contact. Perplexe. Mine de rien, il venait de lancer une machine dont il ignorait absolument tout... hormis qu'elle pouvait aussi bien lui exploser à la figure.

Mais c'étaient les risques de sa croisade contre le mal. Il savait qu'un jour il recevrait sûrement la rafale d'un pourri et qu'il mourrait sans avoir évidemment pu extirper toute la crasse de ce monde en folie. Mais au moins, il aurait fait ce qu'il aurait pu. Lui et tous ceux qui l'aidaient dans cette entreprise désespérée. A commencer par Phil Necker, le fédéral-taupe infiltré au sommet de la *Commissione* new-yorkaise, auprès du vieux Franck Marioni, le super-parrain qui la chapeautait pour le compte du *Protector*.

Le *Protector* !

Le cauchemar de l'Exécuteur. Unique consolation, il était aussi le cauchemar du *Protector*.

Lorsqu'un moment plus tard, il déboucha dans les sous-sol de l'immeuble, Gadgets rangeait son matériel. Avec son sac de cuir à l'épaule et sa combinaison grise, il ressemblait à un placide plombier.

C'était d'ailleurs un peu ça. Watergate avait connu le même genre de spécialistes.

— Ils l'ont eu ? questionna aussitôt Bolan.

Il le savait, dès les premiers instants de l'insolite contact téléphonique, Herman Schwarz avait joint Brognola, l'homme du FBI, le vieux complice de l'Exécuteur. Pour lui demander de tenter un repérage-réseau. Gadgets fit la moue.

— Ils s'y sont mis, mais pour le résultat...

Il était en train de déconnecter les branchements qu'il avait opérés des colonnes techniques de l'immeuble sur le van... Avec ses nouvelles fresques très *fantasy*, on n'aurait jamais pu penser que ce mobil-home d'aspect anodin représentait à lui seul la puissance de feu d'un petit croiseur en état d'alerte. Outre les lance-grenades dissimulés dans les blindages des portières, les mitrailleuses légères escamotables dans les flancs, il était également doté d'une tourelle lance-missiles qui sortait du toit en moins d'une seconde et d'un canon thermique dont le nouveau rayon pouvait dépasser la température fabuleuse de 20 000 degrés. De quoi transformer l'acier et le béton en purée.

Quant aux humains...

La portière latérale coulissa sur son rail et les deux hommes plongèrent dans le rectangle obscur. Sitôt le panneau refermé derrière eux, une lumière vive jaillit dans le sas et un panneau d'acier lisse s'ouvrit sur le module opérationnel.

Un univers clean, spartiate et fonctionnel.

Baignant dans un éclairage orangé et diffus qui rappelait celui d'un sous-marin atomique, des instruments de bord, des écrans de télé-surveillance, un radar-sonde et ses sonars, un pupitre de commandes couplé à une console computer et le radio-téléphone, dont un des postes était relié à un bloc satellitaire haute-fréquence. Tandis que le char de guerre s'ébranlait souplement, la voix de Blancanales résonnait dans les deux enceintes audio du circuit interne :

— *J'ai Brognola sur le 2. Je bascule ?*

— Affirmatif, fit Bolan en posant son sac.

Gadgets en fit autant et vint s'accouder à la console technique où clignotait un curseur rouge marqué du chiffre 2. L'Exécuteur l'enfonça, décrocha un des trois radio-téléphones du bord. Aussitôt, la voix de Hal Brognola explosa dans les enceintes :

— *Bon Dieu, Mack ! C'était trop court !*

L'Exécuteur fit la grimace.

— Pas grave. Je vais aller au rencart. Je te tiendrai au courant.

— *J'espère bien !*

Bolan coupa le contact. Maintenant, il avait hâte d'être à ce soir.

CHAPITRE III

A l'extérieur, le *Babys* ressemblait à une galerie de peinture. Avec vitrine, tableaux en exposition et affichettes. A l'intérieur, avec son comptoir en bois très kitsch, ses glaces biseautées et ses tables en marbre et fonte, il avait des airs de bistrot français. On était à Greenwich-Village. Quand Bolan y entra, il crut recevoir le contenu d'une cheminée d'usine en pleine face. Une fumée à couper au couteau stagnait à hauteur d'homme, pourrissant l'atmosphère de remugles nicotinés... voire un brin « aschichés » aussi. Une foule compacte composée à la fois de marginaux et de jeunes cadres de la *City* en mal de sensations. Le tout harmonieusement dosé parmi les trois sexes. Peut-être avec une petite majorité pour le troisième. En tout cas, l'endroit idéal pour une rencontre clandestine.

A cause de la fumée.

Pourtant, malgré cette dernière, Bolan

avait immédiatement repéré l'ensemble blanc et le foulard rayé. La mystérieuse Jennifer était bien là. Jeune, brune, plutôt belle... mais pas seule. Face à elle, deux étrangetés de la nature. Apparemment de sexe masculin, mais le look général faisait naître quelques doutes. Cheveux longs, tenues vestimentaires unisexes, yeux fardés, nombreux bijoux un peu partout. Genre marginaux *hasbeen*. A l'arrivée de Bolan, la jeune femme lança quelques mots aux deux autres et ces derniers quittèrent docilement sa table. Sans même un regard pour Bolan. A leurs gestes mous et à leurs expressions, ce dernier comprit qu'ils étaient chargés jusqu'aux yeux.

— Jennifer?

Bolan venait de s'asseoir devant l'inconnue et celle-ci l'enveloppa d'un regard méfiant avant de questionner d'une voix légèrement cassée :

— Vous êtes?
— Dakota.

Elle hocha la tête, sortit immédiatement une grosse enveloppe d'un superbe sac à main en cuir marine et la posa sur la table. Sans y toucher, Bolan fit renouveler la Mandarine Impériale de Jennifer et commanda un double Hennessy-Glace qu'on lui apporta aussitôt. La jeune femme considéra son verre, demanda :

— C'est bon, ça ?
— Vous pouvez goûter.
Elle le fit, hocha la tête avec un sourire.
— *Nice!* reconnut-elle.
Elle était encore plus jolie de près et son look BCBG dénonçait une certaine classe. Avec toutefois, enfoui au fond du regard, quelque chose qui ressemblait à de la fébrilité. Mais l'ambiance ne se prêtait guère aux examens psychologiques poussés et Bolan se demandait bien quels liens pouvaient unir une telle femme au *mafioso* Salvano. Il allongea la main vers la grosse enveloppe, mais Jennifer le retint.

— Vous devez me remettre quelque chose.

Bolan lui opposa un masque durci pour lâcher d'un ton sec :

— Je dois d'abord vérifier.

La jeune femme hésita, finit par abdiquer.

— D'accord. Mais je veux voir l'argent.

L'Exécuteur n'était pas assez stupide pour être venu sans biscuits. Il sortit un rouleau de dollars de sa poche, le montra discrètement. Butée, la jeune femme secoua la tête.

— J'ai dit que je voulais *voir* l'argent.

Elle avait insisté sur le mot *voir*. Visiblement, la confiance ne régnait pas exagérément. Bolan lui décocha une ombre de sourire glacé, déroula la liasse et fit défiler les coupures à la manière des pages d'un livre.

Dix mille dollars.

Au passage, et malgré la fumée, il nota les lueurs de convoitise qui passèrent dans les grands yeux noirs de Jennifer. Pourtant, elle ne semblait pas manquer d'argent.

— O.K., dit-elle en poussant enfin l'enveloppe vers Bolan. Tout y est.

Il ouvrit le pli, y trouva un jeu de photos. Réalisées en des lieux divers d'une ville aux apparences latino-américaines. Exactement douze clichés, visiblement pris au télé-objectif et représentant tous le même homme. Septuagénaire, silhouette mince et racée, cheveux gris et doté d'un grand nez en bec d'aigle. Un personnage qui éveillait d'obscurs souvenirs dans la mémoire de Bolan, mais impossible de lui donner un nom. Toujours en compagnie de divers interlocuteurs. Dont un qui revenait sur six photos. Plus grand, la quarantaine, très brun et portant de larges lunettes fumées.

— Vous le reconnaissez? questionna abruptement Jennifer.

Le piège. Elle ne désignait personne en particulier. Comme s'il n'avait pu confondre. Sans doute faisait-elle allusion au vieil homme au nez de rapace, mais prudence, prudence...

— Qui sont les autres? éluda Bolan.

Un index manucuré se posa sur le visage de l'inconnu aux larges lunettes fumées.

— Celui-ci, c'est le Colombien. Juan Perez. J'ai pu l'identifier grâce à nos dossiers « Colombie ». Pour les autres, je ne sais pas. Sans doute des hommes des deux camps. Je n'ai pas encore pu avoir accès au rapport écrit.

Etrange. Jennifer utilisait un langage de fonctionnaire, pourtant, elle ne semblait pas vouloir en dire plus. Insister eût paru suspect. Pour dix mille dollars, c'était un peu frustrant, mais Bolan préféra rompre. Si Salvano était censé connaître ces hommes, peut-être que Brognola les connaîtrait aussi.

— Si M. Salvano a encore besoin de moi, fit la jeune femme, il sait comment me joindre.

— O.K., soupira Bolan.

Il posa le rouleau de dollars devant Jennifer et enfouit l'enveloppe dans sa poche intérieure de blouson. Puis il avala son Hennessy-Glace et, sans un mot de plus, il laissa la belle Jennifer à ses artistiques fréquentations.

— Alors?

Herman Schwarz se laissa tomber sur le siège de la console technique du char de guerre en soupirant d'aise.

— Alors, dit-il, pas mécontent d'en avoir fini. Filoche épuisante. Quand tu l'as quittée, la belle Jennifer a cru bon de se faire une toile.

— O.K., coupa l'Exécuteur. Et après le ciné ?

— Elle est enfin rentrée chez elle.

— Et c'est où, chez elle ?

— Limitrophe de Little Italy. 41 Walker Street. Immeuble modeste. La fille habite au troisième.

— Tu as pu apprendre son nom ?

Petit sourire finaud d'Herman Schwarz.

— Je l'ai suivie dans le hall et j'ai fait semblant de chercher un nom sur les boîtes aux lettres. Ça m'a permis de mater quand elle a pris son courrier.

— Alors ?

— Alors, d'après les enveloppes, son prénom ne serait pas Jennifer.

— Je m'en doutais un peu.

— Elle s'appelle Anabel. Anabel Torkey.

Bolan fit la moue, pianota sur le clavier du computer de bord. Grâce aux indications de Phil Necker, le fédéral-taupe infiltré auprès de Franck Marioni, le super-*capo* de la *Commissione* new-yorkaise, il possédait en archives la plupart des noms qui gravitaient dans les sphères troubles de l'*Organized Crime* international. Une banque de données qui avait nécessité des années de travail et des risques insensés pour le fédéral-taupe. En songeant à lui, l'Exécuteur pensait souvent qu'il préférait sa guerre à lui. Ouverte et sans concessions. Un jour, les pourris finiraient peut-être par l'avoir, mais ce serait net et rapide. Définitif comme une rafale mortelle. De son côté, si Necker se faisait posséder, son agonie serait si lente, si épouvantable qu'il regretterait même d'être né. Les *amici* n'étaient jamais tendres avec leurs traîtres. Et malgré sa fonction de super-flic, Necker serait automatiquement rangé dans cette catégorie.

On lui décollerait la peau centimètre par centimètre. Pour lui faire avouer tout ce qu'il savait.

Et il en savait.

— Rien, fit Herman Schwarz qui avait suivi le défilé des noms sur la liste alphabétique du computer. Inconnue au bataillon.

L'Exécuteur consulta d'autres listes, y compris le fichier des *amici* américains recensés à l'étranger. Toujours rien. A croire que la jeune femme n'avait jamais existé... ou qu'elle soit assez maligne pour avoir échappé à toutes les investigations.

— O.K., fit Bolan.

Il avait fait parvenir les photos à Brognola. En espérant que ce dernier pourrait en tirer quelque chose. Il décrocha le combiné de son radio-téléphone « officieux ». Celui qui était connecté sur satellite et qui lui permettait de communiquer instantanément avec le monde entier. Une ligne très secrète que le génial Gadgets avait réussi à pirater et qui était directement branchée sur son système de brouillage *Scramble*.

— *Allô ?* répondit aussitôt le fédéral.

Bolan lui résuma les derniers développements de l'affaire, avant de lui communiquer les coordonnées d'Anabel Torkey.

— O.K., fit Brognola. *Je vérifie et je te rappelle.*

Il rappela exactement dix minutes plus tard. Etonné par cette rapidité, l'Exécuteur lui trouva aussitôt une drôle de voix quand le fédéral demanda :

— *Donne-moi la position du van. Je préfère parler de ça en direct.*

— Sérieux ? interrogea Bolan.

— *Pire, mec. Explosif.*

Intrigué, l'Exécuteur lui communiqua l'adresse. Le parking d'un hypermarché de la périphérie ouest.

— *J'arrive.*

Brognola avait décidément une drôle de voix.

CHAPITRE IV

Hal Brognola fut là quarante minutes plus tard. Dès son arrivée, Bolan nota son absence de cravate et sa mine soucieuse.

— Problème ? demanda-t-il.

Le fédéral fit la grimace.

— Tu devrais t'asseoir.

— Pas la peine. Je sais prendre des risques.

Hal Brognola finit par s'asseoir lui-même sur le siège annexe du module opérationnel, rendit les photos à Bolan, observa un temps mort, avant d'assener :

— Ta gonzesse, le FBI la connaît bien. Bigrement bien, même.

L'Exécuteur haussa un sourcil. Mais déjà, le fédéral reprenait :

— Pour la bonne raison qu'elle est de la maison, mec.

— Hein ?

— T'as bien entendu. Anabel Torkey, celle

qui a téléphoné au *mafioso* Matt Salvano travaille au FBI.

— *Shit!*

— Tu l'as dit. Elle travaille même à l'antenne de New York.

L'intérêt de Bolan retomba aussi vite qu'il était monté.

— Ouais, maugréa-t-il. Encore un montage FBI. Une arnaque pour coincer Salvano.

— Pas de manip, vieux. Anabel Torkey n'a jamais participé à aucune opération-boutique.

L'Exécuteur tiqua :

— Elle n'est donc pas flic ?

— Gagné, mec. Pas flic.

— Secrétaire ?

— Encore gagné. Administrative Assistant. Mais pas n'importe laquelle.

— Importante ?

Hal Brognola poussa un soupir, lâcha d'un trait :

— Celle du *Special Agent Incharge*. Le boss du FBI de New York.

— Hein !

— Content que ça t'intéresse. T'as encore bien entendu. Celle qui passe des coups de fil clandestins au *mafioso* Matt Salvano n'est autre que la secrétaire du big. C'est-à-dire, après le patron lui-même, la personne la mieux informée de tout le FBI de New York.

Un silence, et Hal Brognola acheva :
— Et cette personne très bien informée est en train de trahir.
— Tu peux éclairer ?
— Bien sûr. Ces photos qu'elle t'a remises font partie d'un dossier FBI très actuel.

Un temps mort, puis :
— Et très pointu.
— A ce point ?
— Mieux que ça.

Le fédéral étala les photos devant Bolan, pointa son doigt sur l'une d'elles.
— Celui-là, dit-il en désignant le septuagénaire aux cheveux gris, tu l'as peut-être reconnu.
— Sa tête me dit quelque chose, mais...
— Rafaele Guzza.

L'Exécuteur se frappa le front.
— *Shit!* Don Rafaele ! L'ex-parrain de toute la région de Rome.
— Bravo.

Don Rafaele. Un de ces vieux *mafiosi* de légende dont les noms resteraient à jamais imprimés dans la mémoire du crime. Des centaines de cadavres à son actif, des marchés illicites portant sur des sommes colossales. Un empereur de l'ancienne Camora.

— Il a repris du service ?

D'un signe, Brognola le fit patienter, puis il désigna le quadragénaire aux Ray-Ban fumées.

— Lui, c'est Juan Perez.
Déjà identifié par Anabel Torkay. Bolan fit la moue.
— Ça ne me dit pas qui il est.
— L'homme de l'ombre. Le premier *consigliere* de Pedro Faenza.
— Lui, je connais.
Pedro Faenza, un des principaux *narcontraficantes* colombiens du cartel de Medellín. Ça devenait intéressant.
— Et les autres ? questionna Bolan.
Le fédéral secoua la tête.
— Avant d'aller plus loin, tu oublies une autre question.
Bolan comprit aussitôt.
— Où est-ce que ces photos ont été prises ?
Le fédéral prit son temps avant d'assener :
— La Havane.
— Hein ?
— Affirmatif. Tout ce joli monde a été photographié à Cuba, mon pote.
— Sûr ?
— Sûr. C'est un informateur du FBI qui a fait les photos.
— Comment le FBI a-t-il appris qu'ils allaient se rencontrer à Cuba ? Par Phil Necker ?
Mouvement de tête négatif du fédéral.
— Phil n'était même pas au courant. Pas plus que Franck Marioni. Le FBI suivait tout simplement les agissements de ce personnage-

là, renseigna Brognola en pointant son doigt sur un des hommes figurant sur plusieurs photos.

Un petit maigre et apparemment aussi âgé que Don Rafaele.

— Antonio Linares, annonça Brognola.

Un nom qui ne disait rien à Bolan, mais le fédéral reprenait déjà :

— Avant la révolution, Linares était propriétaire d'hôtels et de casinos à La Havane. L'ancien dictateur Batista et lui fricotaient ensemble. On dit un moment qu'ils avaient des intérêts communs dans l'industrie sucrière et le tabac. Pressentant le coup d'Etat du 8 janvier 1959, Linares avait fait ses malles fin 58. Destination les States. Depuis, il partage sa vie et ses activités entre les Etats-Unis et l'Europe. Notamment l'Espagne. On sait qu'il avait monté des sociétés d'import-export et que grâce à elles, il a toujours allègrement contourné l'embargo décrété contre Cuba par Washington le 19 octobre 1960. On le dit retiré du circuit crapuleux et qu'il n'aurait plus rien à voir avec l'*Organized Crime*. Mais au FBI, on ne croit pas à cette légende. Officiellement, ses sociétés semblent claires. En tout cas, elles sont très prospères. Mais on sait qu'il se rend régulièrement à Cuba pour affaires. Des affaires qu'il traite directement avec le gouvernement de Castro. Le genre de truc qui rendait Reagan fou de rage.

— Pas rancunier, ce Linares.

— Il aurait tort. Castro lui fait gagner des millions de dollars.

Ça aidait effectivement aux bons rapports.

— C'est bien beau, tout ça, fit valoir Bolan. Mais quel rapport entre tous ces gens et le coup de fil d'Anabel Torkey à Matt Salvano ?

Brognola sourit, posa son index sur une autre photo. On y voyait à la fois Don Rafaele, Juan Perez, Antonio Linares et un inconnu au crâne chauve et au nez de boxeur. En grande conversation dans un restaurant. Le doigt du fédéral désigna le chauve au nez écrasé.

— Lui, c'est Stany Barral.

Bolan fronça les sourcils.

— Le *consigliere* de « Pépé » Robertino?

— Affirmatif.

Bolan n'avait jamais vu Barral, mais son nom était connu. Comme son influence. En fait, Barral était un peu plus qu'un simple *consigliere*. Il était en réalité le bras droit de « Pépé » Robertino. Lui et le boss de N.Y s'étaient connus enfants dans le bronx. Ils avaient fait partie de la même bande de voyous et ne s'étaient plus jamais quittés. Entre Barral et Salvano, c'était la haine. Le second soupçonnant le premier de saboter systématiquement ses relations avec son beau-père. Ce qui était sûrement la pure vérité.

— Je vois, fit l'Exécuteur. Quand Anabel Torkey m'a demandé si je *le* reconnaissais, elle faisait certainement allusion à Barral. Mais ça ne me dit pas comment la secrétaire du patron de l'antenne fédérale de New York et Matt Salvano en sont venus à... collaborer.

— C'est une des inconnues du problème.

— Le lien est évidemment Barral. Quand même un peu flou.

Sous ses dehors complexes et mystérieux, Bolan sentait l'affaire juteuse. Il avait le pressentiment d'avoir levé un lièvre considérable et le lâcher à présent lui semblait extrêmement regrettable. Revenant à la question éludée un peu plus tôt par Brognola à propos de Don Rafaele, il questionna de nouveau :

— Don Rafaele, il revient sur le devant de la scène ?

Hal Brognola prit un air songeur.

— Bizarre. On le croyait à jamais retiré. Depuis des années, il vivait en ermite dans sa somptueuse villa de Nettuno, la plage chic de Rome. Puis un jour, tout à fait par hasard, grâce à une note de routine d'Interpol, on a appris qu'il avait reçu une visite étonnante.

— Etonnante ?

— Précisément celle d'Antonio Linares.

— Pourquoi, étonnante ?

— Parce que les deux hommes avaient travaillé ensemble sur le marché du tabac cubain, à l'époque de Batista, mais depuis la révolution, leurs intérêts avaient divergé. On sait même qu'ils s'étaient perdus de vue. Alors, cette soudaine reprise de contact nous intrigue.

Hal se tut et ils restèrent silencieux un moment avant que l'Exécuteur ne questionne :

— Tu as mis le FBI au parfum, pour Anabel Torkey ?

— Pas encore, sourit Brognola.

Un sourire un peu jaune. Il reprit :

— Mais on ne pourra pas garder longtemps le secret. Je frémis à l'idée de laisser cette nana continuer à trahir. Ça peut aller très loin. Car je te parie une caisse de Moët et Chandon que ses affaires avec Salvano ne vont pas s'arrêter là. D'ailleurs, rien ne prouve que ce sont les premières.

Bolan acquiesça.

— Moët et Chandon gagné d'avance.

Brognola l'observait, songeur.

— Tu as une idée ?

Ombre de sourire glacé de Bolan.

— Tu connais le proverbe : « autant battre le fer, etc. » J'ai envie d'aller cuisiner la belle Anabel à froid. Dans la panique, et moyennant une démission « négociée » du FBI, elle peut peut-être se mettre à table.

— Possible, admit Brognola.

Il réfléchit, finit par concéder :

— Tu as la nuit pour essayer. Demain matin, je balance l'affaire au boss.

Il se leva, ajouta :

— En cas de besoin, je suis chez moi.

Tout était dit. Il allait quitter le van quand Bolan lui tendit un minuscule rouleau de négatifs-photos.

— Dossier FIRE, dit-il. J'en ai tiré un jeu pour moi.

Brognola esquissa un sourire en coin. Il savait à quoi servirait le jeu en question. Sûrement pas à une exposition photos. Les deux hommes se quittèrent et l'Exécuteur passa dans la cabine de pilotage du char de guerre. A Gadgets qui s'installait sur le siège voisin, il lança :

— Tu m'attendras dans le van. Je vais essayer d'embarquer la fille. Si j'en juge par la complexité de cette affaire, l'interro risque d'être longue.

Matt Salvano était soucieux. Sa réunion avec les directeurs de casinos de Nassau lui avait pris plus de temps que prévu. Résultat, il avait dû décommander son vol de retour sur New York et ça n'arrangeait pas ses affaires. A croire que ces enfoirés avaient fait exprès de traîner. D'ailleurs, tout était possible. Ils étaient en affaires avec son beau-père. Pas avec lui. Et rien ne prouvait que ce n'était pas précisément sur les ordres de « Pépé » Robertino qu'ils l'avaient fait lanterner. Histoire de le retenir une journée de plus loin de New York.

En regagnant son hôtel, Matt Salvano bouillait de rage. Anabel Torkey avait sûrement déjà dû essayer de le joindre. Il avait hâte de connaître les résultats de sa petite pêche dans les dossiers du Bureau fédéral. Il était sûr que « Pépé » le tenait à l'écart de certaines affaires. Surtout les grosses. A cause de cet enfoiré de Stany Barral qui tirait toujours la couverture à lui.

En s'engouffrant dans l'ascenseur de l'*Ambassador Beach*, Matt Salvano avait pris sa décision. A New York, il était presque une heure du matin, mais il se moquait totalement de réveiller ou non cette gonzesse. Y compris dans son premier sommeil. Sitôt enfermé dans sa chambre, il décrocha son téléphone.

Un instant plus tard, la voix légèrement cassée de la secrétaire s'élevait dans l'écouteur :

— *Allô ?*

Vaguement inquiète. Matt Salvano se fit reconnaître, mais il n'eut pas le temps d'en dire plus. Anabel Torkey lançait aussitôt :

— *Ah, vous les avez eues ?*

Salvano fronça les sourcils.

— Qu'est-ce que j'ai eu ?

Hésitation de la jeune femme.

— *Mais... les photos. Je les ai remises à votre consigliere. Ce Dakota. Ce soir même. Juste après notre coup de fil. Vous... il ne vous les a pas encore remises ?*

Une sueur glacée inonda le dos du gangster. Mais comme il était loin d'être bête, il répondit aussitôt :

— Non. J'ai dû sortir. Il me les remettra demain.

Il marqua un temps avant de questionner, de plus en plus glacé :

— Vous êtes bien sûre de les avoir remises à... à Dakota ?

— *Evidemment. C'est lui qui m'a donné son nom. D'ailleurs, il correspondait exactement à la description que vous m'en aviez faite quand je vous ai appelé ce soir à votre bureau. Costaud, genre militaire. Et il m'a bien remis les dix mille dollars.*

Complètement dépassé, Salvano manquait soudain de souffle. Il n'y comprenait rien. Ce fut pourtant d'une voix presque normale qu'il lâcha :

— C'est bien. Je vous rappelle demain.

Il raccrocha aussitôt. Sous son crâne, une véritable tempête s'était brusquement levée.

Il avait l'impression de devenir fou. Mais au prix d'un effort considérable, il parvint à se ressaisir et il redécrocha aussitôt le combiné pour composer un autre numéro à New York. Une brève attente, puis :

— *Résidence de M. Salvano, j'écoute.*

Humbolt. Le valet de Salvano. Homo, mais très dévoué.

— Passe-moi Traub, ordonna Matt Salvano. En vitesse.

— Ah, monsieur ! s'exclama le domestique. Madame a demandé si...

— M'en fous ! cria presque Salvano. Passe-moi Traub !

— Tout de suite, monsieur.

Humbolt était habitué à ses sautes d'humeur. Une minute plus tard, la voix d'Humbolt résonnait de nouveau à son oreille.

— *Je ne comprends pas, monsieur. Ni Traub ni aucun de ses hommes ne sont ici.*

— Comment ça, pas ici ?

Salvano sentait le malaise grandir en lui. Au point qu'une partie de lui-même se demandait s'il allait craquer ou non. Insidieusement, une panique glacée le gagnait. Celle qui saisissait certains animaux aux prémices d'une catastrophe.

— Comment ça, pas ici ? répéta-t-il plus fort.

— *C'est que votre beau-père, je veux dire*

M. Robertino les a fait appeler cet après-midi.

— Pour quoi faire ?
— *Je l'ignore, monsieur. Il a juste téléphoné pour me demander de lui passer Traub et ils sont partis presque aussitôt. Il paraît que vous étiez impossible à joindre.*

C'était vrai. Sa réunion. Une réunion organisée par son beau-père. Par « Pépé » Robertino. Quelque chose lui échappait, mais il était maintenant sûr d'une chose : son beau-père était en train de lui tailler un costard pas très net.

— O.K., dit-il seulement, avant de raccrocher.

Pour redécrocher aussitôt. Il composa un autre numéro, attendit un moment avant qu'une voix féminine ne lance un « allô » langoureux. La « secrétaire » de Nick Filliot, gérant de la *Banners Incorporated*. Une secrétaire très particulière qui n'avait jamais dû voir une machine à écrire ou un bloc sténo, mais qui, à en juger par l'heure tardive, ne comptait pas son temps de présence. Salvano lança :

— Je veux parler à Nick. De la part de Salvano.

La voix langoureuse lui dit de patienter, puis une voix rêche s'éleva dans le combiné.

— *Ouais ! Salut, boss.*

Quand Nick Filliot avait travaillé une fois pour quelqu'un, le quelqu'un en question devenait aussitôt « boss ». Salvano demanda :
— Tu es libre, ce soir ?
— *Pour vous, boss, toujours.*
Salvano payait bien. Et il avait le sens du résumé. Il fut dès lors très bref. Il avait repris son sang-froid et la mécanique de son cerveau fonctionnait de nouveau parfaitement. Quand il raccrocha, son regard noir de jais étincelait sous ses épais sourcils charbonneux. Puisque « Pépé » Albertino et sa salope de Stany Barral lui avaient déclaré la guerre, ce serait la guerre.

Et il se foutait bien que « Pépé » soit le père de sa femme. D'ailleurs, il se foutait aussi de sa femme. Sylvia était une Robertino. Une Calabraise idiote et laide qu'il n'avait épousée que pour le fric de son père. Or, de son fric, Salvano n'en avait maintenant plus besoin. Ses affaires étaient bonnes et il tenait bien ses propres équipes. Un jour, il déboulonnerait le vieux et ferait flinguer cet enfoiré de Barral.

Un jour, il serait le boss de New York.

CHAPITRE V

Mack Bolan avait perdu beaucoup de temps dans la circulation. Il était plus d'une heure du matin quand il tourna à l'angle de Church Street et de Walker Street. Il effectua un passage devant le N° 41, alla garer le van trois numéros plus loin en lançant dans la sono de bord à l'adresse de Gadgets :
— On y est.
— *J'arrive.*
Mais à l'instant où Bolan allait quitter son siège, son regard intercepta deux détails. Une Chevrolet Celebrity métallisée de couleur sable. Garée devant le N° 41. Jusque-là, rien d'exceptionnel. D'ailleurs, il avait déjà vu le véhicule lors de son passage. Mais le premier détail consistait au fait qu'un peu de fumée sortait de l'échappement et que le chauffeur était à son volant. Autre détail, ce même chauffeur venait d'adresser un signe discret à l'adresse d'une autre voiture. Une Buick Le

Sabre, de couleur tabac, qui venait de marquer un court arrêt juste en face. Et dans cette dernière, il n'y avait pas que le chauffeur.

Ils étaient quatre.

La Buick continua vers l'East River, dépassa le char de guerre, avant de revenir un moment plus tard et de trouver une place. Vingt mètres derrière la Chevrolet, le long du trottoir opposé. Au passage, Bolan avait pu apercevoir deux profils. Celui du conducteur et celui du passager de l'arrière gauche. Des têtes de brutes. Aussitôt le signal d'alarme résonna dans sa tête. Il appela :

— Herman ?
— *Dans le secteur.*

Il venait d'émerger derrière lui. L'Exécuteur lui indiqua les deux voitures, demanda :

— Je vais refaire un passage. Branche les caméras infrarouges et crible-moi tout ça. Ensuite, programme les numéros des bagnoles sur le listing-computer.

— *Un instant.*

Un moment passa, puis, par le circuit interne du van, la voix de Gadgets résonna encore dans la cabine de pilotage :

— *Les deux bagnoles sont de 1988. Carrossées spéciales et enregistrées au nom de la* Banners Incorporated.

— Tu as quelque chose sur cette *Banners* ?
Un silence, puis :
— *Affirmatif. Société d'import-export. Son gérant, un certain Nick Filliot.*
Ombre de sourire glacé de l'Exécuteur.
— Tiens, tiens !
Nick Filliot. Un nom qui chantait dans les cours de promenade des pénitenciers US. Mais la mémoire de Bolan ne pouvant tout contenir, il se pencha de nouveau sur le micro pour demander encore :
— Ça dit quoi, Filliot ?
Gadgets comprenait vite. Trente secondes plus tard, l'ordinateur lui donnait la réponse.
— *Nick Filliot, ancien soldat de la famille Carvallo. Condamné deux fois pour extorsions de fonds et coups et blessures. En résumé, pour racket. Son truc, la torture. Avec une petite spécialité très... très sadique. Surtout avec les femmes.*
— Ça va. Merci.
L'Exécuteur connaissait les « exploits » du triste personnage. Dans ses prunelles glacées, un éclair sauvage était passé. Quant aux frères Carvallo, il les avait fréquentés au cours d'un blitz californien. Très brièvement et à leurs dépens. Deux minables petits tueurs qu'il avait traités avec tous les égards dus à leur rang. Résultat, Nick Filliot avait dû se recycler.
— *Qu'est-ce qu'on fait ?*

Gadgets s'impatientait. Bolan aussi, mais il ne le montrait pas. De sa voix sépulcrale, il le calma :

— Toi, dit-il, tu ne fais rien d'autre qu'attendre comme prévu. Moi parti, tu comptes un quart d'heure avant de venir me prendre en double file devant le N° 41.

Il fit effectuer un nouveau passage au van en prévenant Gadgets :

— Crible l'intérieur de la Buick aux infras. Essaye de repérer une logistique éventuelle.

Vingt secondes après, la voix de Schwarz le renseignait :

— *Se cachent même pas, ces enfoirés. Ils ont leurs flingues sur les genoux.*

— Genre ?

— *P.M. Beretta M.12 9 mm à chargeur de vingt cartouches, et un petit M.3.A.I à chargeur de trente. Les salauds ont coupé le canon à ras de la carcasse. Ça doit arroser sec.*

Gadgets avait raison. Un canon de 203 mm réduit à néant, ce n'était plus une arme, mais un assassinoir.

— *C'est tout ce que j'ai pu voir*, acheva Herman Schwarz.

Il y avait sûrement tout un arsenal dans la Buick. Ces types-là ne se déplaçaient jamais sans une logistique capable de pulvériser sur place le premier dingue qui aurait eu de mauvaises pensées. Le pire était que ce genre de sulfateurs ignorait le plus souvent pour qui... et qui ils canardaient. Ils travaillaient à la tâche. Comme bêtes de trait.

L'Exécuteur questionna de nouveau :

— Pour les bagnoles, tu as bien dit « carrossées spéciales » ?

— *Affirmatif.*

Sous-entendu, véhicules blindés. Pour venir à bout des pourris, il allait falloir recourir, soit aux missiles de la tourelle de toit, soit au « canon » thermique qui, avec son rayon pouvant développer plus de 20 000 degrés, transformerait aussitôt l'acier et le verre en lave incandescente. Inconvénient des deux formules, le manque de discrétion. Sans compter les risques de blesser des passants. Pourtant, l'Exécuteur ne pouvait se permettre de laisser quatre flingueurs derrière lui. Il devait les éliminer avant d'entrer dans l'immeuble. Et très vite. Car au troisième étage du 41, il y avait gros à parier qu'une certaine Anabel Torkey avait des ennuis.

Simple pressentiment, mais qui reposait quand même sur une éventualité. D'une façon ou d'une autre, Matt Salvano avait appris le subterfuge de la soirée et il avait désigné un petit comité d'inquisition. Histoire de prendre la mesure des dégâts. Il fallait donc réagir. Et vite. Mais en tenant compte de l'environnement.

Le régime douceur s'imposait.

Délicat. Pour neutraliser tout ce beau monde, il faudrait au moins faire abaisser une de leurs glaces. Comme il l'avait déjà fait faire, lors d'un ancien blitz californien. A moins qu'il n'arrive à faire ouvrir une portière. Ce qui serait finalement beaucoup mieux.

Là-dessus, il lui venait une petite idée.

— Herman?

— *Présent*, lui renvoya le circuit.

— Pré-procédure pour la lance thermique, commanda-t-il.

— *Ici?*

Il y avait un soupçon de reproche dans le ton de Gadgets. L'Exécuteur esquissa son sourire polaire.

— Pas de vagues, mec. Juste un échantillon.

— *Ah bon.*

Puis dix secondes plus tard :

— *Pré-procédure achevée*, Striker.

Bolan passa dans le module opérationnel, fixa l'image vidéo sur l'écran de contrôle-visée en agissant sur la bille-rotor incluse dans la platine des commandes. Près d'une grosse touche rouge qui clignotait au fond de son alvéole de sécurité.

La mise à feu.

Une croix orange se déplaça sur l'écran et le

point rouge situé à l'intersection des lignes se mit à fibriller. On entamait la procédure de tir. L'Exécuteur positionna le point sur la roue arrière gauche de la Buick et enfonça un curseur du tableau de commandes. Il ne restait plus maintenant qu'à appuyer sur la grosse touche rouge clignotante pour déclencher l'enfer.

— Je vais y aller, prévint l'Exécuteur. Tu ne me quittes pas des yeux. Quand je me gratte la tête, tu lâches la sauce. Après, tu opères sur la Chevrolet. De la même manière. Et tu attends que je me gratte à nouveau le crâne.

— Bien compris.

Bolan passa dans la cabine de repos, ôta le cache de cloison qui dissimulait une partie de son arsenal, choisit un petit Ingram M.10 avec deux chargeurs scotchés tête-bêche de trente munitions de 45 ACP chacun. Il vissa le réducteur de son sur le court canon, engagea la première cartouche dans le magasin et bloqua la sécurité.

Soixante ogives brûlantes à raison de 1 000 coups/minute.

De quoi fabriquer quelques veuves.

Il accrocha le petit PM à une courroie qu'il se passa autour du cou, glissa son légendaire Beretta 9 mm à réducteur de son dans un étui de ceinture, engagea le terrible AutoMag 44 aux dévastatrices balles blindées dans son holster de poitrine et enfila un imper sombre par-dessus la sinistre combinaison noire.

Il était paré.

— Prêt ? demanda-t-il à Gadgets.

— Affirmatif.

L'Exécuteur quitta alors le van.

Remontant la rue le long de la chaussée pour être du côté du chauffeur de la Buick, il glissa sa main droite sous l'imper et la referma sur la crosse-chargeur de l'Ingram.

Encore dix mètres.

Dans le rétroviseur de côté, il pouvait apercevoir le reflet d'une grosse trogne de brute et le rougeoiement d'une cigarette. Les pourris ne s'inquiétaient pas. La routine. Il allait corriger ça.

Cinq mètres.

L'Exécuteur se gratta la tête, s'arrêta sur place comme pour attendre de pouvoir traverser hors du passage piétons, prenant bien soin de ne pas couper l'axe qui allait du van à la roue arrière. Il perçut une sorte de « plouf » sur sa droite, glissa un regard dans cette direction. La Buick reposait maintenant sur la jante de sa roue arrière gauche. Toute une large partie du pneu s'était transformée en bouillie et une légère odeur de caoutchouc brûlé arrivait jusqu'à Bolan. Observant dans le rétro la face du chauffeur, il vit ce dernier prendre une expression incrédule. Quelques secondes passèrent et l'Exécuteur le vit s'agiter sur son siège. Il allait descendre de voiture.

C'était maintenant ou jamais.

Bolan sortit du champ de vision du rétro, reprit sa progression. En crabe, comme attendant toujours un vide dans la circulation pour traverser.

Plus que trois mètres... deux...

Et la portière de la Buick s'ouvrit. Alors, vif comme un cobra, l'Exécuteur bondit. Comme par magie, la crosse du sinistre Beretta était venue se loger dans sa paume gauche, tandis que la droite recevait celle de l'Ingram. Dans le grondement de la circulation, la détonation assourdie du Beretta passa inaperçue. Le chauffeur de la Buick n'avait qu'à peine eu le temps de poser un pied par terre. Le buste penché en avant pour sortir, il encaissa l'ogive de 9 mm dans la tempe gauche et, sous la force de l'impact quasiment à bout portant, il se cogna le côté droit de la tête contre sa portière.

Un côté droit de tête qui s'était ouvert d'un gros orifice de forme inégale, d'où jaillissaient des flots de sang et de choses grisâtres. On ne pouvait faire plus mort.

Déjà, l'Exécuteur était sur lui. Le repoussant à l'intérieur de la Buick, il avait immédiatement envoyé le terrible petit Ingram dans l'ouverture béante.

— Atten... !

Ce fut tout ce que put dire le passager avant de la Buick. Il avait encaissé les trois premières ogives mortelles de la rafale en éventail dans le cou. Carotides arrachées, la tête retombant dans un angle bizarre, il n'était pas encore vraiment mort. Mais comme deux fontaines folles, ses carotides envoyaient leurs jets sombres tous azimuts.

Ensuite, tout se passa très vite.

Dans un infernal phénomène de ricochets contre les glaces blindées, les autres balles de la rafale se mirent à tournoyer dans une imparable danse mortelle. Zonzonnant rageusement comme des frelons piégés, les ogives de 45 frappèrent aveuglément. Protégé par ce même blindage qui renvoyait les balles, l'Exécuteur put ainsi vider son premier chargeur. En deux ou trois secondes, il vit deux crânes s'ouvrir en même temps à l'arrière de la voiture. Du sang gicla et quelque chose heurta une glace avec un petit bruit sec.

Une prothèse dentaire ! Entière !

La guerre de l'Exécuteur prenait parfois des allures tragi-comiques. Mais Bolan n'avait pas envie de rire. Surveillant du coin de l'œil le conducteur de la Chevrolet beige, il fit prestement disparaître ses armes sous le couvert de l'imper et claqua la portière de la Buick sur son lugubre contenu.

Satisfait.

Pas plus que ceux qu'il venait de transformer en viande froide, le conducteur de la Chevrolet ne s'était aperçu de rien. Maintenant, il fallait s'occuper de lui. Vite. Parce qu'au troisième étage du 41, Anabel Torkey ne devait pas s'amuser.

Resserrant les pans de l'imper autour de lui, il se lança sur la chaussée. A cet instant, une voix sèche s'éleva dans son dos :

— Eh !

Il tourna la tête, sentit son sang geler dans ses veines.

Ils étaient deux. Deux flics. L'air mauvais.

CHAPITRE VI

La voiture de police venait de s'arrêter en double file. Cinq mètres derrière la Buick. Une Buick transformée en cercueil. Si l'un des deux tournait la tête dans cette direction, l'Exécuteur allait entendre parler du pays.

— Eh, vous !

Le flic qui venait de l'intercepter avait le regard des vieux briscards blanchis sous le harnais. Au moins vingt ans de police urbaine et plus d'illusions sur la nature humaine.

— Et les passages protégés, alors ?

Bolan respira. Peignant un sourire contrit sur ses lèvres, il revint sur ses pas, s'excusa platement et remonta Walker Street en direction des bandes de passage piétons les plus proches. Dans son dos, il sentait le regard du *cop* et il s'attendait à la catastrophe à chaque seconde. Mais au moment où il traversait enfin, il aperçut la voiture de police qui démarrait enfin.

Tout ceci lui avait fait perdre du temps. Il revint sur ses pas, longea la Chevrolet, nota au passage que son conducteur suivait la ronde lente de la voiture de police d'un regard attentif. Mais alors qu'il se retournait pour essayer sans doute d'apercevoir ceux de la Buick, Bolan leva le bras et se gratta vigoureusement la tête.

La seconde d'après, le pneu arrière droit de la Chevrolet éternuait sa réserve d'air dans un lamento presque comique.

A l'intérieur, le pourri parut soudain statufié. Il essayait visiblement de comprendre ce qui arrivait. Cela prit encore cinq à six secondes, avant qu'il se décide quand même à ouvrir sa portière. Pendant ce temps, l'Exécuteur était arrivé à sa hauteur et tout se passa très vite. Bloquant le type alors qu'il avait déjà mis un pied sur le trottoir, il fit discrètement jaillir le mufle du Beretta entre les pans de son imper.

— Un geste, un cri, t'es mort.

La voix sépulcrale avait cloué le pourri sur place. Figé dans son mouvement inachevé, il ressemblait à un cliché instantané. Pratiquement collé à lui, l'Exécuteur le poussa contre la carrosserie, le fouilla avec la dextérité d'un vieux flic.

La pêche fut modeste.

Seulement un vieux Colt 45 au bronzage usé.

— O.K., fit l'Exécuteur en glissant l'automatique dans sa propre ceinture. Qui est au 41 ?

L'autre hésita. Encore sous le choc de la surprise, on le sentait indécis sur son comportement futur. L'Exécuteur lui simplifia la tâche en déclarant calmement :

— Mon nom est Bolan. Mack Bolan.

Autant dire le diable. Le grand Fumier était connu du plus minable des *soldati* du fin fond de la Patagonie et sa légende s'agrémentait d'exploits encore amplifiés par les témoignages des très rares survivants de ses blitz. Ceux que l'ancien sergent Miséricorde avait graciés.

Ils se comptaient sur les doigts des deux mains.

A l'énoncé du nom quasi-mythique, le chauffeur avait sursauté comme s'il avait été piqué par une guêpe. Sa face de brute blêmit d'un coup et sa pomme d'Adam monta et descendit très vite trois fois de suite. L'Exécuteur le repoussa à l'intérieur de la voiture, l'obligeant à se rasseoir. De plus en plus choqué, il émit dans un étrange soupir avorté :

— Bo... Bolan !

Puis il marqua un temps mort, lâcha encore d'une voix blanche :

— Me... me flingue pas !

— Peut-être, gronda l'Exécuteur. Si tu fais comme je dis.
— Tu... tu veux quoi?
— Même question. Combien de pourris, au 41?
Hésitation du chauffeur, puis:
— Trois.
— Qui ça?
— Ben... le boss. Avec deux autres.
— Tu veux dire Nick Filliot?

Le pourri ouvrit des yeux comme des soucoupes. Décidément, le grand Fumier savait tout. Il bêla:
— Oui. Nick et deux autres.

L'ancien petit tueur avait de la conscience professionnelle. Même patron, il continuait à mettre la main à la pâte. On ne reniait pas sa nature.
— Qu'est-ce qu'ils sont montés faire?

Nouveau silence. Bolan enfonça discrètement le réducteur de son du Beretta dans le ventre du pourri.
— Alors?
— Montés voir une fille.
— Quelle fille?
— Tu la connais pas. Je...
— Le nom de la fille?

On avait parfois vu des massacres déclenchés sur un quiproquo.
— Torkey. Anabel Torkey.

Pas de quiproquo. Bolan insista :
— T'es sûr qu'ils sont montés à trois seulement ?

Le ton de doute paniqua le chauffeur.
— Oui... oui, je jure !

Bolan se doutait de ce qu'ils étaient montés faire. Si son hypothèse était la bonne, Matt Salvano avait appris son intervention et avant même de savoir qui l'avait court-circuité, il essayait de couper la piste entre la fille et lui. Efficace. Et sûrement expéditif.

En attendant, l'Exécuteur n'avait plus besoin de ce minable flingueur. De cette voix d'outre-tombe qui glaçait toujours autant ses ennemis, il assena sur un ton de reproche :
— Faut pas jurer, pourri. Ça porte malheur.

Le sinistre Beretta éternua dans son poing et le chauffeur s'abattit en arrière. Tué sur le coup d'une seule 9 mm en plein cœur.

Signe qu'il en avait un.

L'instant d'après, l'Exécuteur plongeait dans le petit hall du numéro 41.

Il y faisait sombre et une odeur tenace, mélange de désinfectant et de soupe, y flottait. Si forte qu'elle prenait à la gorge. Sur ses gardes, l'Exécuteur longea un couloir, trouva un escalier où luisait la veilleuse d'une minuterie. Délaissant la pleine lumière, il dut pratiquement coller son œil aux boîtes à lettres pour déchiffrer ce qu'il cherchait.

Anabel Torkey, troisième étage, porte C.

Un troisième étage d'où semblait provenir un flot de musique poussée trop fort. Genre fond sonore destiné à masquer d'éventuels cris.

Nouveau chargeur engagé dans la crosse de l'Ingram, cran de sécurité dégagé, l'Exécuteur grimpa. Quatre à quatre. Plus le temps de faire dans la dentelle. Au premier, quelque part derrière une porte, un couple se hurlait des insultes, au deuxième, une télé vomissait les plaintes d'une sirène de police et un enfant pleurait.

Puis ce fut le troisième.

Un palier tout en longueur, une série de portes. Impossible de rater celle qui portait la lettre C. Le vacarme musical venait bien de là. L'Exécuteur colla son oreille au battant, n'entendit d'abord que la sono, puis, lointains, comme de petits cris étouffés. Il testa le panneau d'une pression de la paume, le trouva moins solide qu'il ne s'y attendait. Pourtant, il hésitait. Défoncer une porte, ça faisait quand même du bruit. Un bruit plus inhabituel qu'une musique, même poussée au maximum. Il opta finalement pour la méthode douce.

Le passe-partout à pompes réglables.

Avec ce bruit, personne n'entendrait les déclics de la serrure. Il engagea l'instrument, le manœuvra une demi-douzaine de fois, avant de trouver le bon réglage. Le penne joua docilement et un rai de lumière commença à se dessiner autour du battant. Il se rejeta sur le côté, poussa la porte, l'Ingram et le Beretta en batterie. Aucune réaction. Derrière, il y avait une petite entrée. Plongée dans l'ombre. Au fond, une autre porte, entrouverte. Maintenant, la musique était démente. A se demander comment elle ne déclenchait pas une révolution dans l'immeuble.

Bolan ouvrit complètement, prêt à tout.

Mais personne non plus derrière la porte. A croire qu'il ne se passait rien. Rien d'autre qu'une petite sauterie avec trop de musique. Une sauterie un peu débridée, car les petits cris étouffés perçus plus tôt avaient repris et ils avaient d'étranges accents.

— Tu finiras par tout dire, salope!

La voix avait éclaté par-dessus le déchaînement des décibels. Rêche, vulgaire.

— Ahhh!

C'était une nouvelle plainte. A la fois déchirante et aux étranges inflexions. Presque languies.

— Tu vas voir, espèce de pute, reprit la voix rêche. Ce truc-là, ça commence bien, mais ça finit très mal.

— Ahhh!

Intrigué, Bolan referma le battant dans son dos, traversa l'entrée en trois pas, risqua un œil dans l'espace entre la porte et le chambranle et une lueur sauvage flamba soudain dans ses prunelles d'acier froid.

Le genre humain était décidément une création du diable.

Attachée à plat ventre, sur la table du coin repas de son appartement, chemise de nuit arrachée et le corps couturé de sillons sanglants, Anabel Torkey gémissait doucement. Les jambes écartées par les poignes conjuguées de deux pourris hilares, la croupe relevée par des coussins, elle subissait les assauts monstrueux du manche à balai tenu par un troisième salaud.

— Ahhh!

Celui qui tenait le balai avait enfoncé celui-ci de quelques centimètres. Trop. D'où il était, Bolan pouvait apercevoir le visage de la jeune femme. Trempé de sueur, déformé par la douleur.

— Encore un centimètre ou deux, fit le tortionnaire, et je te transperce le bide. Pour la dernière fois, à qui est-ce que tu les as données, ces photos de merde?

— Je ne sais pas! gémit la jeune femme. Je jure que je ne le sais pas!

— A qui?

Pour l'Exécuteur, c'en était trop.

— A moi, cria-t-il pour couvrir la radio.
Dans le même temps, il avait fait un pas en avant et le sinistre Beretta avait éternué. Trois fois. Deux pour les pourris, une pour le transistor. La musique cessa d'un coup et, à quatre mètres de là, les deux crânes des pourris-commis semblèrent frappés par de formidables gifles. Sectionnée on ne sait par quel étrange phénomène, une oreille tournoya en l'air, frappa le plafond avec un petit bruit mou et retomba trois mètres plus loin. De la boîte crânienne ouverte, un petit jet de sang fusait, coulant sur le col douteux d'une chemise. De l'autre côté de la table, l'autre tête s'était carrément ouverte dans le sens de la hauteur, partageant le crâne en deux parties égales, avec un devant et un derrière. Odieuse vision de grand-guignol qui avait littéralement statufié le troisième salaud. Celui qui tenait le balai. Les deux cadavres n'avaient pas encore touché le sol que la voix sépulcrale s'élevait de nouveau :

— Enlève ça. Tout doucement.

L'Exécuteur avait parlé si doucement que dans le silence subit, cela fut presque douloureux à l'oreille. Planté entre les jambes nues d'Anabel Torkey, le troisième salaud semblait changé en pierre. Le réducteur de son de l'Ingram eut un frémissement.

— J'ai dit, enlève.

Le ton de l'Exécuteur n'avait pas varié. Mais dans son regard polaire, quelque chose était passé. Quelque chose de dangereux. Pour le pourri, ce fut comme un signal. Comme sous hypnose, il commença alors à ôter l'horrible olisbos des reins de la jeune femme. Celle-ci émit une plainte filée, eut un hoquet, se mit à vomir. Quand le balai cessa de la violer, elle retomba sur la table, haletant doucement, tremblante, anéantie. L'Exécuteur indiqua un grand canapé qui trônait dans la zone séjour de l'appartement.

— Détache-la et va l'allonger là-bas, ordonna-t-il, toujours sur le même ton. Doucement.

Grand et sec comme un sarment de vigne, le pourri était costaud. Il souleva Anabel Torkey comme une plume et avec d'infinies et très touchantes précautions, il alla la déposer sur le canapé. Il la recouvrit d'un plaid blanc qui décorait le dossier du siège, se tourna vers Bolan et leva enfin les yeux vers lui.

— Et maintenant ?

Il avait toujours la voix aussi rêche, mais avec quelque chose qui tremblait tout au fond.

— Maintenant, répondit l'Exécuteur, tu me dis si j'ai tout bon. Tu t'appelles Nick Filliot.

Un éclair étonné passa dans les petits yeux vicieux de l'intéressé.

— C'est bien ça? insista Bolan.
Hochement de tête du salaud.
— Tu travaillais autrefois pour le compte des Carvallo.
Nouvel étonnement, nouveau hochement de tête.
— Et ce soir, demanda Bolan, tu travailles pour qui?
L'autre ouvrait la bouche pour répondre quand l'Exécuteur le retint d'un signe pour prévenir :
— Première mauvaise réponse, tu meurs.
Hésitation de Filliot, puis :
— Matt Salvano.
— Bien! Quand t'a-t-il donné l'ordre de venir ici?
— Il y a une demi-heure.
— Bien! Ça s'est passé en direct, ou par téléphone?
— Téléphone.
— Sûr ?
L'index de l'Exécuteur avait légèrement blanchi sur la détente de l'Ingram. Filliot se raidit.
— Sûr!
— Bien. D'où téléphonait-il?
Un éclair de panique passa dans les yeux du flingueur.
— Je... j'en sais rien. Parole!
— Garde ta parole pour convaincre Saint Pierre.

— Eh! Tu vas quand même pas...
— Tu devais lui donner les résultats de l'interrogatoire comment?
— Je dois le rappeler.
— Où?
— A Nassau. A l'*Ambassador Beach*.
— Bien.

L'Exécuteur désigna la jeune femme sur le canapé.

— C'est Salvano qui a donné l'ordre de lui faire subir ça?
— Oui... oui! C'est lui!
— Pas bien, ça.

Alors, le sinistre Beretta éternua encore une fois. Le pourri sembla frappé par la foudre. L'ogive brûlante de 9 mm l'avait atteint juste au milieu du front. Entre les deux yeux. Filliot battit des bras comme s'il cherchait à s'accrocher à quelque chose, puis il bascula en arrière et s'écroula contre le mur où il laissa une traînée verticale de sang tout au long de sa glissade vers le plancher. Derrière sa tête, il y avait un gros trou par où s'échappait sa cervelle de détraqué.

Il était mort d'avoir menti une fois de trop.

Car Salvano n'avait sûrement pas eu besoin de lui ordonner ce type de torture. La sodomie sous toutes ses formes les plus viles était en effet sa fameuse petite spécialité toute personnelle.

Déjà, Bolan était penché sur Anabel Torkey.

— Je vais vous faire conduire à l'hôpital, dit-il. Ça va aller.

La jeune femme fixait sur lui un regard perdu. Comme si elle avait perdu la raison ou qu'elle fût soudain victime d'un foudroyant accès d'amnésie. Tout à coup, elle lui saisit la main, la serra très fort, tandis qu'une expression démente fulgurait dans ses yeux perdus.

— La bombe! dit-elle dans un souffle. La bombe va exploser!

Puis ses yeux se révulsèrent et elle partit à la renverse.

Evanouie.

CHAPITRE VII

— Quelle bombe ?
Mais Anabel Torkey ne pouvait pas répondre. Exsangue, elle était écroulée sur le canapé. Toujours aussi évanouie. L'Exécuteur la secoua, n'obtint qu'un vague gémissement. Un instant, il fut tenté de l'emporter et de quitter les lieux. Mais il ne comprenait rien à cette histoire de bombe et il craignait que les autres habitants de l'immeuble ne pâtissent en cas d'explosion.
— Anabel ?
Pas de réponse. Inquiet, Bolan se demandait si le manche à balai n'avait pas occasionné quelques dégâts irréparables dans ses entrailles. Il fallait la conduire très vite à l'hôpital. Tant pis pour cette mystérieuse bombe. Il allait alerter Brognola qui s'occuperait d'une éventuelle évacuation des lieux. Mais au moment où il allait saisir la jeune femme, son regard tomba sur le rou-

leau. Un banal rouleau de ruban adhésif gris qui avait roulé sous la table, au milieu des morceaux de la corde coupée par feu Filliot. Il fronça les sourcils, se pencha davantage et il la vit.

La bombe.

Banale. Mortelle. Un simple mini-pain de plastic. Fixé à l'adhésif sous le plateau de la table et dans lequel on avait fiché un bâton détonateur, lui-même relié à un retardateur mécanique. Un ensemble qui tenait dans le creux de la main. Mais pour faire bon poids, les pourris avaient truffé le plastic de cartouches de 45. Une belle petite saloperie qui aurait tout déchiqueté autour d'elle. De quoi pulvériser la table, ce qu'il y avait dessus et l'appartement entier.

Bolan passa sous le meuble, vérifia qu'aucun dispositif antineutralisant n'équipait l'ensemble et il arracha le détonateur. Un très léger cliquetis sourdait du retardateur. Un système de minuteur à ressort qui ne devait pas dépasser les cinq minutes, mais que l'on pouvait remonter à volonté pour prolonger le retard. Bolan était en train de se demander combien de temps il lui aurait resté de sursis, quand l'appareil fit entendre un déclic plus fort avant de se taire complètement.

Il avait eu chaud.

Sans l'avertissement de la jeune femme, ils

seraient à présent tous les deux réduits en charpie. L'Exécuteur empocha l'engin de mort, décrocha le téléphone d'Anabel Torkey et composa le numéro de Brognola.

— *Oui ?* fit aussitôt la voix bien timbrée de son ami.

A croire qu'il dormait sur son appareil. Bolan expliqua brièvement la situation, mentionna les cadavres à mots couverts. Le fédéral déclara aussitôt :

— *File avec la fille. Je vais envoyer du personnel de ménage.*

Au FBI comme à la CIA, certaines équipes très discrètes étaient spécialisées dans ce genre d'activités. Soit on ne retrouvait jamais les cadavres, soit on les changeait de lieu à des fins plus ou moins obscures. L'Exécuteur pouvait faire confiance à son ami. Il bassina les tempes d'Anabel Torkey avec un gant de toilette mouillé, la réveilla tant bien que mal. D'abord, elle ouvrit des yeux incrédules et voilés avant de se redresser en criant :

— La bombe !

— Plus de bombe, la rassura Bolan en lui montrant le dispositif. Mais Salvano ne va sûrement pas en rester là. Il faut vous mettre à l'abri. D'abord, je vous emmène à l'hôpital.

Comprenant qu'il savait tout, la jeune femme abdiqua :

— Je vais m'habiller. Mais je ne veux pas aller à l'hôpital.

Bien que toujours blême et semblant souffrir atrocement du traitement qu'elle venait de subir, elle réagissait beaucoup mieux que Bolan ne l'avait imaginé. Quand elle ressortit de la salle de bains, on aurait pu croire qu'elle relevait d'une simple grippe.

— Je vous suis, annonça-t-elle d'une voix blanche. Mais avant, j'aimerais appeler mon avocat.

L'Exécuteur n'avait pas pensé à ça. Elle le prenait pour un flic. Pour un peu, elle aurait convoqué la presse. Il réagit aussitôt :

— Vous pourrez l'appeler de la voiture. Le mieux serait de déguerpir le plus vite possible.

Et comme elle semblait hésiter, il la poussa carrément sur le palier et il claqua la porte derrière eux.

Dans l'immeuble, personne ne semblait s'être aperçu de rien. Ils débouchèrent sur le trottoir au moment précis où le van arrivait en double file. La porte latérale s'ouvrit automatiquement et Bolan y poussa la jeune femme qui s'étonna en marquant un recul :

— Mais... ce n'est pas une voiture de police !

— Montez, dit Bolan.

Du coin de l'œil, il venait de voir surgir la voiture de ronde croisée un peu plus tôt. Une voiture qui s'arrêtait exactement à la hauteur de la Chevrolet. Il vit le flic à la gueule de vieux briscard sauter à terre, se pencher à la glace avant de la voiture et se redresser aussitôt en tirant son pétard de son étui de ceinture. Il venait de découvrir les cadavres.

L'endroit devenait de plus en plus malsain.

— Vite.

Il venait cette fois de donner une bourrade dans le dos de la jeune femme qui poussa un petit cri de surprise. Mais ils étaient dans la place et déjà, il refermait le panneau derrière eux.

— Qu'est-ce que...

Par le sas de la coursive, Anabel Torkey découvrait le décor du module opérationnel. Tandis que le char de guerre s'ébranlait, Bolan la poussa dans la cabine de repos et la força à s'asseoir sur la couchette.

— Ecoutez, dit-il, je ne suis pas de la police.

Elle leva sur lui un regard ébahi.

— Vous n'êtes pas de...

— Non.

Bolan lui expliqua la situation. A mesure qu'il avançait dans son récit, l'expression d'Anabel Torkey se défaisait. Quand il eut terminé, elle s'exclama :

— Mack Bolan... l'Exécuteur... c'est vous ?

La légende de l'Exécuteur était aussi enracinée au sein de l'Agence fédérale qu'en celui de la mafia. On aurait dit une groupie découvrant une idole du rock. Avec en plus, un brin de crainte et un zeste de méfiance.

— Affirmatif, dit-il.

Elle l'observa un moment en silence, l'air incrédule, puis elle hocha la tête avant de soupirer :

— Vous m'avez bien eue.

— Et vous avez bien eu le FBI, renvoya-t-il, acerbe.

Elle pinça les lèvres, donna l'impression de vouloir se rebiffer, puis, secouant la tête d'un air las, elle finit par dire :

— Je n'avais pas le choix.

— Il serait peut-être temps d'expliquer, non ?

— A vous ?

— C'est moi qui vous ai tirée de ce guêpier. Je veux ma part du feu. Vous allez répondre à mes questions. Me dire comment vous en êtes arrivée à trahir et ce que Salvano exigeait de vous.

— Et après ?

— Après, je vous remettrai aux bons soins d'un ami à moi. Un agent du FBI. Vous aurez tout intérêt à vous montrer coopérative avec lui. Ce sera votre seule chance de vous en sortir le mieux possible.

Elle réfléchit, alluma une cigarette et soupira derechef.

— D'accord. Posez vos questions.
— Quels étaient vos rapports avec Salvano ?
— Strictement commerciaux. Il me donnait de l'argent contre des renseignements.

Elle parlait d'une voix atone. Comme si tout ceci ne la concernait pas vraiment. Un peu de transpiration humectait son front et ses mains tremblaient légèrement. Elle avait l'air de souffrir et Bolan avait hâte d'en finir. Elle avait besoin d'être soignée. Il questionna :

— Pourquoi avez-vous tellement besoin d'argent ?

Elle esquissa une grimace, ouvrit son sac à main pour y prélever un petit sachet. Incrédule, Bolan la vit étaler un peu de poudre blanche sur le dos de sa main et l'inspirer par le nez.

Anabel Torkey venait de s'envoyer une ligne dans les narines. Elle se droguait.

— O.K., lâcha-t-il de sa voix d'outre-tombe. C'est pour ça que vous avez besoin de fric.

Elle ferma les yeux un instant, les rouvrit et se détendit d'un seul coup.

— Voilà, dit-elle. Vous savez.
— Comment avez-vous rencontré Salvano ?
— Au cours d'une soirée chez des relations

communes. Il m'a surprise dans la salle de bains en train de me préparer une ligne. Quelques jours plus tard, il m'appelait chez moi pour me proposer de dîner avec lui. Je l'avais trouvé plutôt sympathique, j'ai accepté. Entre-temps, il avait appris que je travaillais au FBI. C'est au cours de ce dîner qu'il m'a mise au pied du mur. Ou j'acceptais de travailler pour lui, ou il s'arrangeait pour me griller au FBI.

Elle se tut un instant, reprit avec un petit sourire résigné :

— Pour me décider, il m'a également fait miroiter le fric qu'une telle association me ferait gagner. J'ai demandé à réfléchir et j'ai accepté le surlendemain. Mon traitement au FBI ne suffisait pas à mes besoins de coke.

— Je vois. Que savez-vous du dossier « Cuba » ?

Elle secoua la tête.

— Rien de plus que ce que j'en ai dit à Salvano.

— Navré, railla sombrement Bolan. J'ignore ce que vous avez dit à Salvano.

— Sur les photos que je vous ai remises, renseigna la jeune femme, il y a plusieurs personnages qui...

— On m'a déjà briefé sur les personnages en question, coupa l'Exécuteur. Ce que je veux savoir, c'est ce qu'ils traficotent ensemble à Cuba.

Anabel Torkey marqua un temps, puis, fixant sur Bolan ses grands yeux de velours, elle lâcha sur un ton qui l'alerta :

— C'est également ce que voudrait savoir le FBI.

Un silence régna entre eux, avant que Bolan ne questionne :

— Vous le savez, vous ?

Nouveau silence. Dans la cabine du van, une soudaine tension s'était installée. Puis dans un souffle, la jeune femme avoua :

— Peut-être.

Le ton confirma à l'Exécuteur ce qu'il avait déjà deviné. Anabel Torkey venait de lui faire comprendre qu'elle comptait bien négocier ce genre de renseignement.

— O.K., dit-il. Je ne vais pas vous torturer. De toute manière, je ne peux rien pour vous. Sauf vous permettre de rencontrer mon ami du FBI.

Elle l'observait avec insistance.

— Votre ami serait-il habilité à négocier ?

On y était. Bolan n'avait aucune pitié pour les traîtres. Surtout quand ils étaient assez stupides pour être tombés dans un piège aussi grossier que celui de la drogue. Il haussa les épaules, déclara :

— Je vais l'appeler. Vous lui demanderez vous-même.

Il allait se diriger vers le module opérationnel du char de guerre quand la jeune femme l'arrêta :

— Attendez, dit-elle.

Malgré son état, elle arborait un petit sourire en coin qui la rendait encore plus belle. Sans doute la coke annihilait-elle ses souffrances.

— Attendez, répéta-t-elle. Pour éviter les marchandages épuisants, prévenez votre ami qu'outre l'impunité, j'exige également 100 000 dollars.

Bolan tourna vers elle un regard incrédule.

— Je suppose que vous plaisantez ?

— Pas le moins du monde, opposa-t-elle tout aussi tranquillement. Et ce n'est pas cher.

— Vous trouvez ?

Le petit sourire en coin demeurait accroché aux lèvres d'Anabel Torkey. D'une voix encore plus douce, presque rêveuse, elle affirma :

— Quand votre ami et les pontes du FBI sauront ce que j'ai à leur vendre, ils trouveront aussi que ce n'est pas cher.

Malgré son sourire, elle ne semblait pas plaisanter. Il lui lança un regard incisif, argumenta :

— Il faudrait éclairer un peu. Vous en avez trop dit ou pas assez.

— Tss, tss, fit-elle. Vous devriez appeler votre ami.

CHAPITRE VIII

— *Striker?*
La voix de Brognola frémissait dans le combiné du radiotéléphone de bord. Excitée.
— Affirmatif.
— *Indique ta position. J'arrive.*
Bolan lui fournit ce qu'il demandait, raccrocha et se rallongea sur la couchette du module de repos. Depuis le matin, il était de nouveau seul à bord du char de guerre. A la suite de son coup de fil à Brognola, ce dernier était venu à la rencontre du van pour prendre livraison d'Anabel Torkey. Trop content de mettre la main sur une taupe de la mafia. Dans la foulée, Herman Schwarz avait regagné ses pénates. Des « choses » à faire. L'Exécuteur connaissait la nature de ces « choses ». De mystérieux bricolages en vue d'améliorer encore le parc des engins de mort qu'il inventait depuis des années.

Des machines infernales.

Pour d'autres blitz.

Maintenant, l'Exécuteur attendait. Il songeait à Anabel Torkey, à tous ceux qui comme elle avaient plongé dans le monde du crime. Pour du fric ou pour le vice. L'humanité était moche et sale. Indigne d'être sauvée. Au lieu de sacrifier sa vie à cette interminable guerre qu'il livrait depuis si longtemps à l'*Organized Crime*, l'Exécuteur aurait pu profiter d'une existence paisible. Depuis l'arrivée du petit Cheng dans son univers, il se prenait parfois à penser à ce bonheur qui aurait été de s'y consacrer entièrement. Ainsi, il en était sûr, l'enfant traumatisé par le viol et l'assassinat de sa mère quelques mois plus tôt en Thaïlande[1] aurait pu faire davantage de progrès. Bolan aurait donné une fortune pour entendre cette voix d'enfant qu'il n'avait encore jamais eu l'occasion d'écouter. Pour le voir sourire aussi. Mais le sergent Miséricorde n'y pouvait rien. Sous la haute autorité occulte du *Protector*, la monstrueuse pieuvre de la mafia internationale multipliait sans cesse ses tentacules. Grâce au formidable essor du marché de la drogue et du crime, elle recouvrait peu à peu le monde de sa chape de plomb. Malgré sa lutte incessante contre elle. Malgré les coups terribles qu'il lui portait chaque fois qu'il croisait la route des *amici*.

1. Cf. *Les sources de sang*. L'Exécuteur N° 72.

L'Exécuteur soupira. A court d'illusions.

Un jour, il serait trop tard pour réagir. Ce qui se passait actuellement avec le cartel de Medellín en Colombie se propagerait un peu partout et c'en serait définitivement terminé de l'ère de l'Homme. Ce dernier serait ravalé au rang le plus bas du monde animal. Dans toute l'acception du terme. C'est-à-dire qu'il ne penserait plus et ne serait plus régi que par ses instincts les plus primaires.

Il serait trop tard pour tous, y compris les sorciers plus tellement apprentis qui auraient déclenché le processus. La Terre ne serait plus alors qu'un immense champ de batailles où s'affronteraient en dernier ressort ceux qui auraient pu survivre jusque-là. Les plus forts, les plus sauvages.

Et ce temps-là était pour demain.

Demain matin...

Soudain tiré de ses sombres pensées par deux coups discrets frappés au panneau latéral du van, l'Exécuteur alla ouvrir. Hal Brognola plia sa haute silhouette pour entrer, se retrouva dans le module opérationnel où il s'assit pour déclarer aussitôt :

— Cette fois, c'est le gros merdier.

Bolan fronça les sourcils. Il n'avait jamais vu le fédéral aussi soucieux.

— Tu expliques ?

— Facile, railla lugubrement Brognola. A

côté de ce qui nous attend, « ton » programme FIRE n'est qu'une douce plaisanterie de collégien.

Moue de l'Exécuteur.

— Ça ne valait pas le coup de tant risquer pour photographier le dossier.

— Si.

— Ce qui veut dire ?

— Que le programme FIRE fait partie d'un ensemble et que dans cet ensemble s'inscrit également le programme BIG DREAM.

— *What is it ?*

— La grosse merde.

— Tu as déjà dit un truc dans ce genre.

— Exact, fit Brognola en soupirant. Putain !

Il s'essuya le front d'un revers de main, lâcha d'un ton pénétré :

— Pour une affaire de ce genre, le FBI et rien, c'est pareil.

— Si tu dis ça à la presse, tu peux aller chez Carter récolter des cacahuètes pour le reste de tes jours. On ne te le pardonnera jamais.

— Rectification, votre honneur, fit sombrement le fédéral. Le FBI, c'est de la merde... à Cuba.

L'Exécuteur lui lança un regard incrédule.

— C'est pas vraiment un scoop.

— Ce qui implique, poursuivit le fédéral toujours aussi amer, que ce qui s'y prépare en ce moment nous échappe complètement. On ne peut même pas envoyer la moindre équipe de mercenaires là-bas, on ignore par quel bout prendre l'affaire.

— Tu ne m'avais pas dit que vous aviez un correspondant sur place?

Haussement d'épaules de Brognola :

— Tout juste un indic. Incapable de mener une enquête. Au premier incident, il nous claquerait dans les doigts. On n'est pas la CIA, nous.

Petit sourire de l'Exécuteur.

— Vous n'avez qu'à demander à la CIA de vous filer un coup de main.

Brognola sursauta sur son siège. Dans ses yeux minéraux, un éclair meurtrier avait fusé. Depuis toujours, la CIA et le FBI entretenaient des rapports... « prudents ».

— C'est pas la CIA qui va nous filer un coup de main, grogna le fédéral.

— Je ne vois pas qui, alors.

— Toi.

— Moi?

— Affirmatif, fit Brognola, buté. Toi et personne d'autre.

— Eh! Tu me vois aller semer le bordel à Cuba? Je ne vais pas faire cent mètres. Ils doivent repérer les Yankees à des kilomètres.

— C'est ça, ou c'est cuit pour nous.

Silence, puis soupir de l'Exécuteur.

— Si tu m'expliquais ce fameux programme BIG DREAM ?

Brognola observa une pause, lâcha enfin :

— Comme son nom ne l'indique pas, BIG DREAM est un plan diabolique plutôt basé sur le cauchemar que sur le rêve. Le cauchemar du *crash* qui survient après le *trip*.

Encore une histoire de drogue. Bolan fit la grimace et Brognola enchaîna :

— Je m'explique. D'après ce qu'a pu apprendre Anabel Torkey, à la fois d'après nos propres informations et celles fournies par Matt Salvano, l'équipe d'*amici* que tu as vue sur les photos est en train de mettre sur pied le plus gros programme de livraison de coke qui ai jamais eu lieu sur les USA.

— A ce point ?
— Cent tonnes.
— Hein ?
— Tu as bien entendu. Cent tonnes de cocaïne directement acheminées de Colombie à Cuba pour être ensuite livrées clandestinement sur le territoire des Etats-Unis.

— Je croyais qu'à Cuba, les trafiquants de drogue étaient sévèrement punis.

Moue désabusée de Brognola.

— Quand il s'agit d'intoxiquer le grand voisin impérialiste, rien n'est interdit. Il paraît que le *Lider maximo* lui-même aurait donné son feu vert.

— Castro ?

Hochement de tête du fédéral.

— Officieusement, bien sûr. Si l'affaire dérape, il aura toujours la possibilité de mettre tout ça sur le compte des trafiquants impérialistes de tous bords.

— Raison de plus pour ne pas mettre les pieds là-bas.

— Raison de plus pour aller leur en foutre plein la tête, tu veux dire. Si on arrivait à les baiser sur leur propre terrain, ça rachèterait un peu le coup de la Baie des Cochons.

Décidément, le « coup » manqué du 17 avril 61 à *Playa Giron* n'était pas près d'être oublié. Dans les deux camps.

— Je ne suis pas là pour récupérer les coups foireux de la CIA, fit valoir Bolan.

Le raid manqué de la Baie des Cochons avait effectivement été monté par la fameuse Agence. Evidemment, il y avait eu depuis nombre d'autres « coups » réussis par ce même organisme, mais 28 ans après, l'échec de la « Baie » continuait à peser sur sa renommée.

La mémoire populaire était ingrate.

— Pas question de récupérer quoi que ce soit, vieux. Simplement, c'est la merde et on compte sur toi.

Le fédéral s'était calmé et Bolan fronça les sourcils.

— Qui ça, *on* ?
— Moi... et le FBI.
— Tu veux dire que c'est les fédéraux qui me demandent d'aller faire la guerre à Castro ?

Petit sourire amusé de Brognola.

— C'est un peu ça. Sauf que tu dois justement pas t'approcher du *Lider maximo* et qu'il doit même ignorer jusqu'à ton existence.

— Mais c'est dingue ! Si les *amici* apprennent que je suis à Cuba, les *barbudos* vont me tomber sur le poil par milliers.

Silence du fédéral. Bolan reprit :

— Et je suppose qu'en cas de problème, le FBI ne me connaîtra même pas.

Mutisme profond de Brognola.

— Et bien sûr, insista l'Exécuteur, je partirai là-bas les mains dans les poches. En touriste. Pas question d'emporter le moindre canif.

— Pas question, admit enfin le fédéral.

Un silence, puis il enchaîna :

— Tu sais comme moi qu'à Cuba, nous avons encore une base.

L'Exécuteur savait. La base aéronavale US de Guantanamo. Une concession accordée par traité en 1903 et à durée illimitée. Indemnité annuelle de 2 000 dollars/or que Cuba n'encaissait pas. Située à 950 kilomètres au sud-ouest de La Havane, elle constituait le dernier bastion américain dans le secteur et que la révolution castriste n'avait pas remise en cause.

— *On* m'a permis de contacter un type qui doit rejoindre cette base dans les 48 heures. Le lieutenant Sam Mellors. Il a accepté de convoyer une partie de ton arsenal. Bien entendu, pas question de char de guerre. Je te donne une photo de Mellors et un contact pour le joindre. Une fois à La Havane, tu appelleras un certain...

— Hal ?

— Tu verras, c'est facile. Et puis Gomez. Notre informateur Pedro Gomez, celui qui a pris les photos est prêt à...

— Hal ?

L'Exécuteur avait haussé le ton et le fédéral se tut enfin. Bolan questionna :

— Pourquoi es-tu si sûr... je veux dire, pourquoi le FBI et toi êtes-vous aussi certains que je vais accepter d'aller me jeter dans la gueule du loup ?

Hal Brognola pinça les lèvres, hésita, finit par tirer une dernière photo de sa poche de veste en soupirant :

— Celle-là, on l'avait depuis un moment. Et je le savais, ajouta le fédéral à contrecœur. Mais j'avais refusé de t'en faire part. Justement pour...

— Pour? sourcilla l'Exécuteur.
— Pour... pour t'empêcher de te ruer à Cuba.

Une esquisse de sourire dangereux passa fugitivement sur les lèvres de l'Exécuteur. Pressentant une méchante arnaque, il demanda de sa voix sépulcrale :

— Tu veux dire qu'au vu de cette photo, j'aurais pu me précipiter chez les *barbudos*?

— Affirmatif.

L'esquisse de sourire glacé était toujours accroché aux lèvres de Bolan qui demanda encore en tendant la main :

— On peut la voir, cette foutue photo?

— Affirmatif.

Le cliché atterrit devant l'Exécuteur. Celui-ci l'examina, ne vit d'abord qu'un groupe formé de barbus en uniformes verdâtres et de quatre civils, puis son regard détailla mieux les visages et soudain, un éclair sauvage fulgura dans ses prunelles d'acier. Dans le groupe, il y avait quelqu'un qu'il connaissait. Un type. Grand, blond, le visage en lame de couteau et le regard si clair qu'il en semblait vide.

Un type que l'Exécuteur ne pourrait jamais oublier.

Voyant que Bolan l'avait reconnu, Brognola commenta :

— La photo a été prise par Gomez. Au

téléobjectif. Parce que la scène se passe dans la cour du *Minestorio del Interior*, à La Havane. Renseignements pris, *ton* type serait le conseiller technique du capitaine Trajoz. Le petit gros qui est à droite.

— Qu'est-ce qu'il fait, ce Trajoz?
— On l'appelle aussi « le Boucher ». C'est le grand inquisiteur du centre de torture du G2. La villa Marista.

L'Exécuteur avait déjà entendu parler du fameux Service de Sécurité du *Departamento General de Inteligencia*. Le DGI. Il savait aussi que dans les caves du G2, on torturait beaucoup. A Cuba, les Droits de l'Homme faisaient juste jolis dans les discours.

Mais l'Exécuteur se moquait à la fois du G2 et du capitaine Trajoz. Le seul personnage qui l'intéressait sur cette photo avait les cheveux blonds et des yeux trop clairs.

Son nom: Hernie Garth.

Son pseudonyme: *Knife*.

Et il était un de ceux qui avaient tué Ly Anh, la mère du petit Cheng. Une des trois ordures que l'Exécuteur pourchassait depuis le drame. Celui qu'il avait raté en Turquie, mais qu'il s'était juré de tuer un jour ou l'autre.

N'importe quand, n'importe comment et n'importe où.

Même à Cuba... même en enfer.

CHAPITRE IX

Cuba !
Pour l'Exécuteur, l'antichambre de l'enfer.
— *Señor Dakota ?*
Un nom qui semblait ne plaire qu'à moitié au *seguroso della Immigration*, le policier de l'immigration, auquel Bolan venait de remettre son faux passeport.
— *Si*, répondit l'Exécuteur.
Quand même pas follement à l'aise. Si ce flic avait su qui il était...
— Tourisme ?
— *Si*. Tourisme.
Avec la horde de Russes qui venait de débarquer en même temps que Bolan, on se demandait bien que pouvaient venir chercher les touristes ici.
— *Bienvenido, señor.*
Le ton rogue du policier disait exactement le contraire. A Cuba, le touriste était encore considéré comme une émanation démo-

niaque... et capitaliste. Mais il fallait bien faire rentrer des dollars dans les caisses archivides de l'Etat et le *Lider maximo* avait donné des instructions pour qu'on n'égorge pas immédiatement tout ce qui parlait anglais. Pour un peu, nécessité faisait loi, on en aurait même accepté tout un charter d'Américains bon teint. Après tout, Gorbatchev et Bush faisaient bien ami-ami.

Son passeport de nouveau en main, Bolan ne dut finalement patienter qu'une petite heure avant de récupérer son bagage. L'aéroport de José-Marti était resté au stade du baraquement et il y faisait une chaleur épouvantable. Il était quatre heures de l'après-midi et le ciel semblait chauffé à blanc. Emergeant enfin à l'extérieur, il s'engouffra dans l'unique *turistaxi* ayant miraculeusement échappé aux assauts des familles entières de Russes. Une Chevrolet des années 60 qui grinçait de partout et qui sentait bizarrement le poisson.

— Hôtel *Nacional*, commanda Bolan.

Le chauffeur, un petit frisé à la charmante bouche complètement édentée, lui sourit avec une admiration non dissimulée. Le *Nacional* était le palace où descendaient les invités *persona grata*. L'Exécuteur se serait bien passé de cet honneur. Ça devait être bourré de Russes et d'Allemands de l'Est. Mais l'agence

Cubatur de Mexico par laquelle il avait dû passer pour cause d'embargo US lui avait assigné d'office le *Nacional*.

A Cuba, on faisait du tourisme comme à Moscou.

Avec l'exotisme en plus.

Sous le soleil implacable *l'autopista* qui reliait José-Marti à La Havane fondait littéralement. Ce qui était finalement un bien. Ainsi, le revêtement de sol finirait peut-être par combler les nids-de-poule. Des *guaguas*, des autobus bondés aux essieux frottant par terre, fumaient laborieusement à trente à l'heure, tandis que des épaves aux formes vaguement américaines et rafistolées aux boîtes de conserves s'échinaient à les dépasser en faisant hurler leurs soupapes.

Ça sentait l'ordre, le labeur et le mérite.

D'ailleurs, çà et là, d'immenses panneaux décorés de scènes tapageuses vantaient les mérites de la révolution et d'autres, illustrations guerrières à l'appui, mettaient en garde de très improbables touristes impérialistes yankees contre toute nouvelle idée d'invasion.

Baie des Cochons pas morte!

En d'autres circonstances, Mack Bolan aurait souri. Mais dans la circonstance, il n'avait guère le cœur à la plaisanterie. Il était entré illégalement à Cuba et à partir de maintenant, il y risquait tout bonnement sa peau. En l'absence de toute arme, il ne pourrait même pas la vendre chèrement.

— Qu'est-ce qu'ils font tous ? s'inquiéta-t-il subitement en se penchant à la portière.

Depuis l'aéroport, il voyait en effet des dizaines de véhicules de toutes sortes arrêtés sur le bas-côté de *l'autopista*. Comme à la parade.

— Pannes, laissa tomber le chauffeur d'un air gêné. Pas de pièces de rechange.

Déjà qu'il n'y avait rien dans les épiceries...

Le Cubain laissa passer un moment, chercha le regard de Bolan dans le rétro pour déclarer :

— Ici, la vie est dure, *señor*. Très dure.

Le message était clair. Malgré l'interdiction gouvernementale, certains pourboires étaient acceptés.

— Mais la police va faire enlever ces épaves, *señor*. Pour ne pas choquer les étrangers.

— Il y a beaucoup d'étrangers, à Cuba ?

— Pas beaucoup, non. Pas encore. Mais notre glorieuse nation révolutionnaire s'ouvre sur le monde, *señor*, fit l'autre avec une emphase un peu forcée. Ce soir, il y a toute une équipe de cinéma vénézuélienne qui arrive. Pour tourner un film. Sur *notre* révolution. Il y aura beaucoup de monde. Et puis des bateaux, des avions... Il y a même un sous-marin qu'un collectionneur brésilien nous prête, *señor*! Vous vous rendez compte? Un vrai sous-marin! Il est déjà mouillé chez nous! Dans le port de La Havane!

Ç'allait être une « révolution » à grand spectacle. Mais une équipe de cinéma à Cuba, ça allait faire rentrer des devises. L'économie de Castro en avait bien besoin.

Ils arrivaient à présent dans les faubourgs de la capitale et des rangées d'immeubles gris s'alignaient un peu partout, portant sur leurs flancs aveugles d'immenses fresques révolutionnaires vantant les mérites du marxisme pur et dur. A ce moment, un orage éclata. Si soudainement que la foule qui hantait les rues fut instantanément noyée sous les trombes d'eau.

Heureusement qu'elle était chaude.

Posé sur un semblant de parc à peu près verdoyant, le *Nacional* se situait dans le *Vedado*. Le quartier chic de La Havane. Exactement à la jonction de la *Rampa* — la Ve Avenue de La Havane — et de l'avenue Washington. Sur le *Malecon*. Le front de mer. Autour, d'autres hôtels, des restaurants et la *Banco Nacional de Cuba*. Avec sa masse blanche néocoloniale et ses clochetons sommés de tuiles rouges sur les terrasses, il évoquait infailliblement une énorme pâtisserie.

Comme le voulait l'usage pour les *turistaxis*, Bolan régla la course en dollars et laissa un pourboire très « contre-révolutionnaire ». Le chauffeur le remercia d'un sourire entendu et toujours aussi édenté. Puis, sans doute mis en confiance par l'espagnol quasi-parfait de Bolan, il offrit :

— Si vous voulez, je peux être votre chauffeur attitré. Pendant tout votre séjour.

— Possible, admit prudemment Bolan.

Le chauffeur hésita, avant de souffler sur un ton confidentiel :

— Ici, certaines choses sont parfois difficiles à trouver, *señor*.

Ce n'était pas peu dire. Même le pain était absent.

— Si vous cherchez de ces choses, reprit-il de plus en plus bas, appelez-moi à ce numéro.

Il avait déjà glissé le papier dans la main de Bolan.

— Toutes sortes de choses, *señor*. Vraiment toutes sortes de choses.

Bolan l'assura qu'il y penserait et se rua dans le hall somptueux du palace.

Un hall d'opéra où se pressaient des troupeaux de *huepedes destacados*. Des hôtes éminents. Tous soviétiques, allemands de l'Est etc. Avec les frontières qui s'ouvraient dans le bloc de l'Est, le tourisme cubain allait avoir de beaux jours.

Peut-être.

Aussitôt dans sa chambre cathédrale aux tapis usés et où une forte odeur de désinfectant stagnait, Bolan se précipita sous la douche. Un filet d'eau tiédasse qui sentait vaguement la saumure. Tant qu'à faire, il l'aurait préférée parfumée au rhum. Mais il n'était pas ici pour le plaisir.

Pour l'Exécuteur, Cuba n'était qu'un épisode supplémentaire de sa croisade contre le crime organisé. Avec une petite nuance toutefois, cette guerre-là lui était *sacrée*. Désormais, il avait une autre œuvre à accomplir.

La vengeance qu'il devait au petit Cheng.

Il s'habilla de frais, quitta sa chambre, passa au comptoir du change de l'hôtel et, nanti de pesos, quitta l'hôtel pour chercher une cabine téléphonique. Téléphoner de sa chambre eût en effet été d'une folle imprudence. Ici, c'était comme à Moscou. Mais quand il trouva enfin la cabine, il y avait une telle queue qu'il dut y renoncer pour tenter sa chance dans un autre hôtel. Le *Capri*. Situé juste derrière le *Nacional*. Là, il pénétra dans une sorte de box en bois verni, décrocha le téléphone très antique. Miracle, il y avait la tonalité.

Quand il eut composé le numéro donné par Brognola, celui d'une pizzeria de la rue Nestor Sanchez, Santiago de Cuba, il dut attendre presque une minute avant qu'on ne décroche enfin.

— *Aqui Pizzeria Nando.*

Une voix de femme. Bolan se lança :

— Je voudrais parler à Miguel.

Miguel Amado. Un serveur du restaurant. Un copain du lieutenant US Sam Mellors. Le « contact » par lequel l'Exécuteur devait passer pour récupérer son arsenal.

— *Miguel est malade, señor.*

Ça commençait mal. Bolan insista :

— Je suis un ami de Miguel. J'arrive de Buenos Aires. Pourriez-vous me donner ses coordonnées ?

— *Si, señor, mais Miguel est à l'hôpital. Il est très malade.*

Cette fois, Bolan fit la grimace. Sans ce contact, récupérer ses armes allait être aussi facile que de monter un attentat contre Castro.

— Quel hôpital ?

— *Hôpital Provincial.*

— A Santiago de Cuba ?

— *Claro que si.*

— *Muchas gracias.*

Bolan raccrocha. Dépité. A peine arrivé, c'était déjà la galère. Ça augurait de la suite. Il composa aussitôt un autre numéro. Celui de *Transamerica Incorporated*. La filiale d'une société agro-alimentaire argentine où travaillait Pedro Gomez, le correspondant du FBI à La Havane. Une nouvelle fois, ce fut une femme qui répondit. Bolan demanda :

— *El Señor Gomez, por favor ?*

Il dut encore patienter un moment avant qu'une voix d'homme ne résonne enfin :

— *Gomez.*

— Je vous appelle de la part de M. Smith, dit alors Bolan. Je voudrais vous voir.

Monsieur Smith. Le code fourni par Brognola. Gomez marqua un silence avant de lâcher très vite :

— *C'est une erreur, vieux. Le cocktail est à 19 heures. Au poste 112.*

Et la communication fut brutalement coupée.

CHAPITRE X

Bolan avait encore le combiné en main et il avait compris. Gomez avait un problème. Il espérait seulement que cela ne soit pas trop grave. Sans son aide et sans celle de Miguel Amado, il pouvait d'ores et déjà reprendre l'avion. Heureusement, derrière la précipitation du correspondant, il y avait eu ce message sibyllin à propos du cocktail. A 19 heures, au poste 112.

Bolan quitta la cabine, alla ronger son frein au bar du *Capri* où, miracle, il y avait toute une étagère de produits hautement impérialistes. Tels que Johnnie Walker, Moët et Chandon, Cognac Hennessy et autres gâteries démoniaques. A 19 heures tapantes, il retourna à la cabine, dut patienter presque vingt minutes, tant il y avait la queue.

A Cuba, on attendait pour tout.

Le plus souvent pour rien.

Enfin, il put de nouveau composer le numéro de *Transamerica Incorporated*. Cette fois, ce fut une voix d'homme qui répondit. Bolan demanda :

— Pedro Gomez, *por favor ?* au poste 112.
— *Un instant.*

En fait « d'instant », une minute, puis deux s'égrenèrent dans un silence entrecoupé de parasites. Derrière Bolan, la queue s'était allongée et ça commençait à gronder. Enfin, la même voix se fit réentendre :

— *Désolé. Pedro Gomez vient de partir en rendez-vous.*

Bolan avait des envies de meurtre. Il lança :
— Il revient quand ?
— *Je ne sais pas. Peut-être ce soir, peut-être demain matin.*

Une idée lumineuse visita l'Exécuteur. Il questionna :

— Vous savez où il est, son rendez-vous ? Il faut que je le joigne d'urgence.
— *C'est professionnel ?*
— Bien sûr.

Ça l'était effectivement. En quelque sorte.
— *Un instant. Je vais demander.*

Derrière Bolan, on prenait maintenant ouvertement les paris sur la durée éventuelle de son coup de fil. Heureusement qu'on était aux Caraïbes, région de l'indolence ! Encore une minute d'attente, puis, toujours la même voix :

— *Désolé*, companero. *Personne n'a pu me dire où il est parti. Réessayez plus tard.*

— Merci, dit Bolan, fou de rage glacée.

Imprudent de laisser un message. Sans cette queue au téléphone, il aurait eu Gomez. Maintenant, il fallait tout recommencer.

Il recommença une heure, puis deux heures plus tard. En vain. On lui conseilla de rappeler le lendemain matin et il se résigna à regagner le *Nacional* où il dîna d'une langouste en carton servie par un personnel étatisé qui n'avait strictement rien à fiche de la clientèle. A dix heures du soir, il tenta encore sa chance d'une cabine extérieure. En vain. Il fut assailli par un trio de *tities*[1] qui lui firent toutes sortes de propositions, à condition qu'il les emmène dans le seul night du secteur.

Mais l'Exécuteur n'était vraiment pas d'humeur à s'amuser.

N'ayant rien d'autre à faire, il retourna au *Nacional* où il se résigna à aller fendre la foule de Soviétiques transpirants qui s'agglutinaient au bar. Là, comme au *Capri*, il put commander un Johnnie Walker Black Label. Mais à l'instant où son verre arrivait devant lui, il avisa le téléphone posé tout au bout du comptoir. Saisi d'un pressentiment, il demanda à s'en servir et composa une nouvelle

1. Très jeunes filles, fort appréciées des Cubains.

fois le numéro de *Transamerica Incorporated*. Dans ces régions hispaniques, les horaires étaient élastiques.

Il y eut une sonnerie, très longue. Mais au moment où, découragé, Bolan allait renoncer, la même voix d'homme lui répondit enfin.

— *El señor* Gomez est rentré? demanda Bolan sans illusions.

— *Un instant.*

Un autre long silence, puis une autre voix d'homme, étrangement douce.

— *Gomez.*

Malgré ses nerfs d'acier, l'Exécuteur sentit ses pulsations cardiaques s'accélérer. Il l'aurait embrassé, Il répéta sa phrase de contact et l'autre le coupa encore:

— *Attendez une minute.*

Une série de déclics usants pour les nerfs, puis, de nouveau, la voix de Gomez:

— *Vous avez un message de ce vieux Smith?*

Trois jours plus tôt, Brognola avait briefé Bolan sur la manière de contacter Gomez. Il récita:

— « L'envahisseur viendra de l'Ouest. »

Véritable profession de foi. Au bout du fil, il y eut un silence, puis:

— O.K. « *Il sera poussé par le vent de la liberté.* »

Ça sentait le mauvais film d'espionnage, mais le correspondant enchaîna aussitôt:

— *Je n'ai pas pu vous parler tout à l'heure*, s'excusa le correspondant ; *j'avais un type du ministère dans mon bureau. J'ai attendu jusqu'à sept heures passées, mais j'avais un rendez-vous à l'extérieur. Bon, qu'est-ce qu'il veut, ce vieux Smith ?*

— On peut se voir ?

— *Pas ce soir. Pas demain matin non plus... en fait, pas avant demain soir. Dix heures, ça va ?*

— Ça va, grogna Bolan, déçu.

— *Parfait. Je vous attendrai à dix heures, au restaurant* Caracas. *C'est au bout du Paseo de Marti. Au coin de la Calle San Rafael. J'aurai une écharpe rouge et une bouteille de cognac Hennessy sur ma table.*

De plus en plus film d'espionnage.

Bolan accepta et décida de monter se coucher.

Le lendemain, il faisait un soleil éclatant et la température frisait les 28 degrés. Autant meubler cette attente forcée en déjeunant autour de la piscine du *Nacional*. Là, entre une paella qui n'avait de paella que le nom et les regards très concupiscents des quelques grosses Russes présentes, femmes de « diplomates » ou d'industriels en mission, il se laissa dorer au soleil des tropiques. A 17 heures, le soleil commença à décliner et il décida de tuer le temps en faisant un tour en ville.

Nanti d'un plan de La Havane, il quitta le *Nacional* par la Rampa, esquiva adroitement les assauts audacieux de quelques *tities*, parmi lesquelles on avait sans doute glissé quelques *putas militantes*[1]. Il contourna bientôt l'imposant *Castillo del Principe*, pour continuer tout droit, vers la *Plaza de la Revolucion*.

A huit heures, il regagna son hôtel, sirota un Johnnie Walker Black Label très capitaliste qui coûtait le mois de salaire d'un *machetero*, un coupeur de cannes. Il patienta ainsi entre Russes et Tchèques en goguette jusqu'aux environs de neuf heures et demie, avant de sauter dans un des nombreux *turistaxis* stationnés devant le palace.

Dix minutes plus tard, il arrivait au *Caracas*.

Avec ses arcades et ses balcons fleuris, on aurait pu se croire dans n'importe quel pays d'Amérique latine. Pur vestige du passé colonial. Encore intéressant par son architecture extérieure, mais extrêmement rédhibitoire par son ambiance intérieure. Ici, rien n'était concédé au capitalisme. Tables en mauvais formica, chaises métalliques et carrelage blanc et fonctionnel, éclairage au fluo. La cantine de pensionnat. Une odeur peu engageante de mauvais cigare stagnait dans un nuage de fumée grise.

1. Putains utilisées par la police politique.

Au pays du Partagas et du Roméo et Juliette !

Odeur qui ne semblait pas incommoder le moins du monde la clientèle braillarde installée devant son quotidien plat de riz aux haricots rouges. Bolan avait déjà repéré l'homme à l'écharpe rouge. Mais alors qu'il allait le rejoindre, une monstrueuse créature l'apostropha du haut de sa caisse.

— Si vous voulez manger, faut attendre.

De fait, quelques personnes faisaient patiemment la queue à la porte de l'établissement. Alors qu'au moins dix tables étaient vides. Heureusement, l'homme à l'écharpe rouge leva les yeux à cet instant et agita la main pour attirer l'attention de la grosse femme. Celle-ci hocha la tête, donna une bourrade dans le dos de Bolan.

— Ça va, dit-elle. Ça va bien.

Sur la table de l'homme à l'écharpe rouge, il y avait effectivement une bouteille de Hennessy. Luxe carrément provocateur à Cuba. Comme la grosse bague piquetée d'éclats de diamants que le type portait à l'annulaire, comme l'or de ses dents de devant.

— Pedro Gomez ? questionna l'Exécuteur.

L'intéressé lui adressa un sourire aurifié, l'invita à s'asseoir. C'était un gros homme de type hispanique, portant lunettes et veste en fibranne bordeaux. Bolan installé, il lâcha de

cette voix étrangement douce que Bolan avait entendue au téléphone :
— Comment va ce vieux Smith?
Smith n'étant évidemment que tout le FBI.
— Bien, dit Bolan. Très bien.
— Ici, fit Gomez, même vides, les restaurants refusent la clientèle. Il faut respecter à la fois les quotas socialistes et l'indolence chronique caribienne.
— Hum, fit Bolan.
Il n'était pas là pour disserter sur le socialisme cubain.
— Vous en voulez?
Gomez désignait la bouteille de Hennessy.
— C'est du vrai? questionna Bolan, étonné.
L'autre leva sur lui ses petits yeux noirs bordés de graisse. Presque scandalisé.
— Vous rigolez, ou quoi! Bien sûr que c'est du vrai. Je le fais venir par un diplomate français. J'en refile régulièrement à la patronne de ce boui-boui pour qu'elle me nourrisse à l'œil.
Il sourit, ajouta, finaud :
— Bien sûr, elle y gagne, mais elle sait fermer sa gueule.
Bolan accepta en précisant toutefois :
— En apéritif, je le bois avec de la glace.
Scandalisé, Gomez s'écria :
— Vous êtes dingue, ma parole! Du Hennessy! Avec de la glace !

Amusé, Bolan confectionna son Hennessy-Glace sous le regard méfiant du correspondant.
— Goûtez, offrit-il enfin.
L'autre obéit, fronça ses épais sourcils noirs, avant de décréter, sentencieux :
— C'est autre chose. Mais c'est pas mal.
L'Exécuteur n'était pas là pour parler cognac. A la patronne qui venait aux nouvelles, il demanda le plat de saucisse-patates qui figurait au menu inscrit sur l'ardoise flanquant l'entrée.
— *Se acabo*, répondit la tenancière.
L'éternel « il n'y en a plus ». Leitmotiv cubain.
En désespoir de cause, il désigna l'assiette de Gomez en précisant :
— La même chose.
Le correspondant avala une autre lampée de Hennessy, claqua la langue et lâcha :
— On dirait que mes photos intéressent, hein ?
Des photos qui n'étaient pas son œuvre, mais, selon Brognola, celle de son petit ami cubain, Sandro Cortal, un photographe de presse sportive de l'*Agencia Ribana*. Car Gomez était homo. Cela ne se voyait guère, à part peut-être une certaine coquetterie dans sa façon de porter son écharpe rouge.
— Ça dépend, fit Bolan, prudent.
— Qu'est-ce que vous voulez d'autre ? renvoya Gomez, intrigué.

Le plat de Bolan arrivait. Il attendit que la grosse femme soit retournée à sa caisse pour enchaîner :

— Smith m'a dit que vous pourriez me donner quelques renseignements. Je suis prêt à payer.

Haussement d'épaules fataliste de Gomez.

— Alors, ouvrez-moi un compte aux Bahamas. Parce qu'ici, je ne pourrai pas dépenser vos fichus dollars.

— C'est surveillé à ce point ?

Nouveau haussement d'épaules.

— Pas besoin. Ici, y a rien à acheter.

Bolan sortit les doubles des photos de sa poche de blouson en commentant :

— J'ai besoin de « loger » certains personnages qui figurent là-dessus. Je parle des civils. Adresses, points de chute, habitudes éventuelles. Surtout celui-là.

Il désignait la silhouette caractéristique de Hernie Garth.

— Sur lui, je veux tout savoir.

Le correspondant fit la grimace. S'attaquer à l'entourage direct du « Grand Inquisiteur » du G2, c'était du suicide. Il lâcha de mauvaise grâce :

— J'ai déjà renseigné Smith au sujet de ce type.

— J'en savais déjà plus sur lui que vous en avez donné. Ce qui m'intéresse, c'est comment le coincer. De préférence tout seul.

— Je vais voir, fit prudemment Gomez.
— Je suis pressé.
Petit sourire de dérision du correspondant.
— Aux Caraïbes, fit-il valoir, personne ne connaît ce mot. Mais je vais faire le maximum. Pour Smith, précisa-t-il.
Bolan ignorait quels liens exacts unissaient l'agence fédérale et ce « commercial » étranger, mais ce n'était pas son propos. Gomez se leva avec un sourire d'excuse :
— Il faut que j'y aille, dit-il. Mes bestioles n'ont rien bouffé de la journée. Ils vont se dévorer entre eux.
Devant la mimique d'incompréhension de Bolan, il sourit plus largement pour renseigner de sa voix douce :
— Mes piranhas du Brésil. Une sacrée collection. Tout un bassin. Comme vide-ordures, on ne fait pas mieux.
Les gens avaient des goûts étranges. Mais les soucis de l'Exécuteur étaient tout autres. Il insista :
— Je compte sur vous.
Gomez hocha la tête.
— Je vais essayer. Revenez ici demain. Même heure. La patronne vous donnera cette table. Si vous ne me voyez pas, revenez après-demain.
— Ça ne serait pas plus simple de vous téléphoner ?

Grimace de Gomez.

— Ici, les étrangers sont très surveillés. Je crois que ma ligne est sur écoute. Chez moi et au bureau. Hier, à mon bureau, je vous aurais de toute façon arrêté avant le message. C'est pour ça que je vous ai parlé du poste 112. Celui-là est « clair ». Hélas, c'est celui de la secrétaire du boss. Et sa maîtresse. C'est pour ça que le patron l'a fait vérifier de partout, mais ils reviennent tous les deux de voyage demain matin.

Bolan soupira.

— D'accord. A demain, même heure.

Il quitta Gomez sur le trottoir, regagna le *Nacional* en *turistaxi*.

Demain, à dix heures, il aurait peut-être enfin les renseignements désirés. Enfin, peut-être. Mais dès qu'il les aurait, il jetterait sa peau de touriste aux orties.

Il redeviendrait alors l'Exécuteur.

Pour tuer du *mafioso*. Et aussi pour une vengeance.

CHAPITRE XI

Deux jours plus tard, Mack Bolan n'avait pas avancé d'un millimètre. En principe, il avait pour habitude de localiser très vite ses cibles et de porter ses coups avec la rapidité du cobra. Mais cette fois, il semblait bien que « l'affaire cubaine » était engluée dans le pot au noir. Par deux fois, il avait essayé de joindre l'employé de la pizzeria à l'hôpital provincial de Santiago et, par deux fois, on lui avait répondu que son état ne permettait ni téléphone, ni visite. Quant à en savoir plus, impossible. Bolan avait réessayé de tirer les vers du nez de la patronne de la pizzeria, en vain. A croire qu'Amado était atteint d'une maladie honteuse.

Mais ceci n'était qu'une partie du problème.

Pedro Gomez avait également disparu. Pas venu la veille au soir au *Caracas*, pas venu ce soir non plus. Au point que l'Exécuteur commençait à trouver toutes ces finesses caraïbes quelque peu lassantes. Ayant terminé son classique plat de riz aux haricots rouges, il demanda à l'énorme patronne la permission de téléphoner. Dans un réduit-couloir-WC qui sentait fort-fort, il composa le numéro de la *Transamerica Incorporated* sur le cadran englué de graisse d'un appareil datant de Christophe Colomb. Une sonnerie interminable, puis la voix d'homme déjà entendue. Bolan demanda aussitôt Gomez.

— El señor *Gomez a fait téléphoner hier qu'il était malade.*

Un signal d'alarme se déclencha dans le cerveau de l'Exécuteur. Deux malades sur deux correspondants, ça faisait un peu trop. Sans illusions, il demanda :

— Pourriez-vous me donner son fil personnel ?

— *Désolé*, señor. *Nous ne donnons aucune coordonnée privée à nos clients.*

Evidemment.

Revenant dans le restaurant, il demanda la même chose à la grosse tenancière. Prétextant qu'il devait quitter Cuba et qu'il lui fallait absolument contacter Gomez avant. Mais malgré son désir évident de rendre service, la brave femme ne put que répondre :

— Il me l'a jamais dit, son numéro. Mais je sais qu'il habite la villa d'un ancien fonctionnaire américain. Je m'en souviens, parce qu'il m'a dit le nom de la maison. « Cacatoès », je crois. C'est un truc de riches. A Santa Maria del Mar. Ou à Guanabo. Je ne sais plus.

— Vous avez un annuaire ?
— *Claro que si !*

En fait d'annuaire, il s'agissait plutôt d'une épaisse serpillière. Mais Bolan en compulsait déjà les pages gorgées de sauces. Il trouva bel et bien un numéro à Santa Maria del Mar, enregistré au nom de la *Transamerica Incorporated*. Il retourna au téléphone, le composa, laissa sonner une douzaine de coups sans obtenir de réponse. Bien sûr, en temps ordinaire, Gomez aurait pu être sorti, mais il s'était *fait* déclarer malade. Détail qui changeait beaucoup de choses.

— *Gracias*, jeta-t-il à la grosse femme. Ça ne répond pas. Si Pedro vous contacte, dites-lui au revoir de ma part.

Il était déjà dehors. Pour sauter dans un *turistaxi* trouvé sur la Prado. Le chauffeur, un jeune au faciès de ouistiti et le crâne sommé d'un grand chapeau de paille, l'accueillit avec un grand sourire réjoui.

Direction Santa Maria del Mar. L'adresse relevée dans l'annuaire, 2 Avenida Tercera. Mais l'Exécuteur avait déjà jeté un œil sur le plan acheté l'avant-veille. Il donna une adresse approximative, prétextant ne plus se rappeler celle d'un très vieil ami perdu de vue. Situé à une rue de là. Histoire de brouiller les pistes. Car il ne l'oubliait pas, dans les pays socialistes, les chauffeurs de taxis émargeaient aux services de polices.

Et le G2 n'était pas réputé pour sa tendresse.

Peu après, le taxi s'élançait sur la Via Blanca, sorte d'autoroute qui desservait précisément les banlieues balnéaires de La Havane. Heureusement, la « clarté » du trafic permettait quelques « excès » de vitesse et le taxi franchit les limites de Santa Maria del Mar après une vingtaine de minutes seulement. Une petite agglomération très caribienne, avec ses maisons en bois, ses toits de tôle et des palmiers partout. Et la fin de la mousson jetait beaucoup de monde dans les rues. L'air sentait les lauriers, le jasmin et d'autres choses encore, telles que friture, fruits et rhum. Le taxi avait continué sur la Via Blanca. Le quartier qui intéressait Bolan se situait du côté droit de cette dernière. Le plus loin de la mer, le moins luxueux. Le taxi tourna à droite, enfila la courbe de l'Avenida Tercera. Bolan l'arrêta à hauteur de la Calle 18.

— Descendez par là, demanda-t-il.

Histoire de repérer les lieux.

Rien que de petites rues pavillonnaires, bordées de jardinets, de bungalows plus ou moins cossus. Le N° 2 de l'Avenida Tercera était un pavillon un peu plus grand que les autres, avec un vrai toit en tuiles rouges, des volets à persiennes, une galerie ouverte au plancher de bois qui courait sur le devant. Mais l'habitation n'intéressait que médiocrement Bolan. Il avait noté les rais de lumière entre les lattes des volets et maintenant, il n'avait d'yeux que pour les environs.

Des environs où il avait repéré la voiture.

Une voiture occupée par deux hommes. Cela pouvait ne rien signifier de particulier, mais il avait depuis longtemps appris à se méfier de ce genre de détail. Et le signal d'alarme avait résonné dans son cerveau.

— Allez jusqu'au bout, enjoignit-il au chauffeur.

Le taxi fit un tour, revint par la Calle 18 et passa devant la voiture. Une Lada rouge, presque neuve qui détonnait dans le parc habituel de Cuba. A l'intérieur, un seul occupant. Avec le crâne à ras de l'appui-tête. Comme s'il se cachait ou qu'il se soit installé pour une longue veille. En tout cas, il n'était qu'à quelques mètres du portail du N° 2 de l'Avenida Tercera.

— Continuez, dit encore Bolan comme s'il cherchait à reconnaître son chemin. Ça doit être par là.

Il réindiquait la Calle 18 et le taxi refit

docilement le tour. En bas de la rue, Bolan l'arrêta, paya la course, offrit un pourboire et demanda qu'il l'attende. Même si ça pouvait durer longtemps. Le chauffeur accepta et Bolan lui emprunta son chapeau avant de quitter la voiture pour se fondre dans la petite foule des promeneurs du soir. On était pourtant en novembre, début de la saison sèche. Les Cubains pouvaient enfin sortir respirer sans risquer des trombes d'eau. Bolan aussi. Mais le chapeau n'était destiné qu'à son camouflage.

Il fut aussitôt enveloppé par la moiteur de l'air. Près de la mer, il semblait que l'humidité soit plus élevée qu'ailleurs. Pourtant, il était fortement tempéré par les alizés.

Tout de suite, l'Exécuteur sut qu'il avait bien fait d'abandonner le taxi. Ainsi, il pouvait encore mieux faire partie du décor. Ici, beaucoup de promeneurs indolents, parlant fort et riant aux éclats. Le marxisme-léninisme n'avait heureusement pas tout tué. Dans les musiques filtrant des bungalows et dans les rires des filles, la sensualité était partout. Beaucoup d'hommes seuls, ouvertement à la recherche d'âmes sœurs, des groupes de filles entre elles et quelques couples de « fiancés » se tenant par la main. Il régnait dans l'air encore épais de l'après-pluie des senteurs complexes, faites de terre chaude et mouillée, de piment, de fleurs tropicales et d'océan. Heureusement, il faisait trop noir pour qu'on s'intéresse à Bolan. Mains dans les poches, il allait remonter la rue, quand une Nissan presque neuve le frôla pour tourner dans l'Avenida Tercera. Arrivé juste à l'angle, l'Exécuteur la vit ralentir devant la Lada. Les chauffeurs échangèrent un bref dialogue et, tandis que deux hommes quittaient la Nissan pour pousser le portillon d'un jardinet, deux autres émergeaient du même jardin.

Celui du N° 2.

De la villa « Cacatoès ».

Cette fois, le signal d'alarme sonna très fort dans la tête de l'Exécuteur.

La Lada et la Nissan n'étaient certes pas les seuls véhicules du secteur, mais toutes deux étaient en bon état. Ce qui était déjà suspect. A Cuba, c'était trop rare. Et puis il y avait cet échange d'hommes devant la villa « Cacatoès ». Comme la relève d'une garde.

Tout ça sentait le roussi. Le guerrier solitaire avait trop l'habitude de la guerre de l'ombre pour se leurrer. Quelque chose clochait du côté de chez Gomez et il fallait changer de tactique. D'ailleurs, il n'avait même pas un canif sur lui.

D'abord, savoir s'il s'agissait du G2 ou d'autre chose.

Pendant ce temps, la Nissan avait disparu avec ses nouveaux occupants. Il fallait faire vite. L'Exécuteur tourna à droite, et, mains dans les poches, se mit à progresser en direction de l'arrière de la Lada. Arrivé à sa hauteur en ayant bien pris soin de demeurer dans l'angle mort du rétro, il inspecta le secteur d'un regard circulaire, posa la main sur la poignée de la portière arrière gauche, pesa tout doucement sur le système d'ouverture. En cas de verrouillage, ce serait compliqué.

Mais elle n'était pas fermée.

Il fut derrière le type avant même qu'il n'ait eu le temps de tourner la tête. Il le coinça au col d'une poigne de fer, gronda de sa voix d'outre-tombe :

— Si tu veux vivre, pas bouger, pas crier.

Ce qui était un bluff énorme. Un bluff qui marcha. Déjà, la main gauche de l'Exécuteur était partie en exploration sous l'ample chemise à fleurs du type, tandis que la droite était toujours censée tenir une arme. Il sentit une crosse sous ses doigts, souleva, mettant à jour un superbe Browning G.P. Vigilant 9 mm au chargeur de treize cartouches. Une arme belge de 1935. Quasiment une pièce de collection. L'Exécuteur en abaissa la sécurité, posa délicatement le canon dans la nuque du type en ordonnant à voix basse :

— Remonte ta glace. Doucement.

Les passants frôlaient en effet la voiture et le moindre éclat de voix pouvait tout fiche par terre. L'autre obéit, grogna aussitôt :

— T'es con, mec. On te butera.

Il s'était exprimé en un anglais laborieux. Il avait compris avoir affaire à un étranger.

— Qui, *on* ? questionna Bolan en espagnol.

Hésitation.

— Qui ?

Il avait enfoncé le canon du Browning dans la nuque et donné à sa voix un ton métallique de mauvais augure. L'autre ne s'y trompa pas. Il grogna :

— Le boss te fera poursuivre jusqu'en enfer.

— Qui, le boss ?

Nouveau silence. L'Exécuteur n'avait pas de temps à perdre. Il commanda :

— Mets le moteur en route.

Hésitation, puis obéissance. Le moteur tourna et Bolan ordonna encore :

— Accélère.

Le régime monta jusqu'à ce que l'Exécuteur le fasse se stabiliser à un niveau sonore appréciable. Suffisant pour étouffer une détonation. Puis il avertit, sinistre :

— Tu as trois secondes pour tout dire.

Il avait déplacé le canon de l'arme pour l'enfoncer dans le dossier de la voiture. Ainsi, ce dernier jouerait le rôle de réducteur de son.

— Vite. Le nom de ton boss?

Cette fois, le chauffeur ne pouvait plus tricher. Il lâcha :

— Canna. Armando Canna.

Avant de quitter les States, l'Exécuteur s'était évidemment tenu au courant sur les personnalités mafieuses de Cuba. Canna ne figurait pas à l'appel. De toute façon, il ne pouvait plus consulter le listing-computer du char de guerre à présent. Il questionna :

— Qui c'est, ce Canna?

Le type parut surpris d'une telle lacune.

— Ben... le nouveau boss de La Havane!

L'Exécuteur soupira derechef. Au moins, il n'avait pas affaire à la Sécurité cubaine. Encouragé par cette bonne nouvelle, il exigea :

— Qu'est-ce que vous foutez là, tes potes et toi?

— C'est... c'est pour Gomez.

Le terrible pressentiment de Bolan se confirmait. Il insista :

— Qu'est-ce que vous lui voulez, à Gomez?

— Il... Je sais juste qu'il s'est mis à poser trop de questions.

— Des questions sur quoi? Sur qui?

— Je sais pas exactement. Sur des huiles de La Havane.

Le pauvre Gomez était mal embarqué. Son enquête pour Bolan avait tourné court. Les pourris allaient vouloir savoir pourquoi il traînait ainsi son nez partout. Et surtout pour qui. On n'allait pas lui faire de cadeaux. Il fallait faire vite.

— Tes copains, demanda Bolan, ils l'interrogent chez lui ?

— Oui.

— Combien sont-ils ?

Nouvelle hésitation. Bolan pesa plus fort sur l'arme.

— Deux... deux dans le jardin pour faire le guet. Deux autres dans la baraque.

— Ne mens pas !

— Je... je ne mens pas ! Je jure sur la Mado...

— Ne mêle pas la Sainte Mère à vos histoires merdeuses. Quel armement ?

— Trois pétards et un P.M. Un Mendoza, je crois.

L'Exécuteur connaissait. Une arme mexicaine qui pouvait tour à tour tirer du 45 ACP, du 9 mm Parabellum et du 38 Super Auto. Magasin de vingt cartouches et système PA adapté pour le tir en rafales. Arme très imprécise au tir remontant.

Les pourris ne s'attendaient visiblement pas à la castagne.

L'Exécuteur allait les servir.

Le chauffeur lui ayant probablement dit tout ce qu'il savait, il fit l'économie d'une balle en lui fracassant les vertèbres cervicales d'un fulgurant atémi du tranchant de la main. Le type couina brièvement, s'affala sur son volant. L'Exécuteur lui remit la nuque contre le dossier, coupa le contact et attendit une « trouée » dans les rangs des promeneurs avant de se décider à quitter la Lada.

A cet instant, le portail de la villa « Cacatoès » s'ouvrit.

Un grand Noir en jean et chemise sombre émergea sous la maigre lumière jaune du lampadaire le plus proche, découvrant une face de brute aux traits prognathes. Puis, mains dans les poches, il traversa la rue en oblique.

Vers la Lada.

Il y serait dans dix secondes. Dans neuf... huit...

CHAPITRE XII

Sept secondes.
Le type avançait toujours aussi tranquillement. L'air d'un paisible promeneur. Mais le regard averti du guerrier solitaire avait noté le renflement caractéristique sous la chemise sombre, à hauteur de la ceinture.
Cinq secondes.
S'ils venaient maintenant au devant du flingage...
Bolan s'était couché sur la banquette arrière. Il ne voyait plus approcher le type que par le truchement du rétroviseur. L'autre fit encore trois pas, arriva contre la portière avant du côté passager, l'ouvrit, se laissa tomber sur le siège en grinçant d'une voix furibonde :
— L'enfoiré continue à fermer sa...
— Pas bouger, pas crier.
La voix sépulcrale de l'Exécuteur avait résonné dans le dos du Noir, juste à la seconde

où il s'apercevait de quelque chose d'anormal du côté du chauffeur. Cueilli à froid, il garda la bouche ouverte, tandis que ses gros yeux globuleux fixaient le vide d'un air stupide. Dans sa nuque, le froid de l'acier du Browning l'avait saisi. Quand l'Executeur le soulagea de son arme par-dessus le dossier, il n'eut qu'une brève contraction des épaules en jetant :

— Qu'est-ce que...

— Tu réponds à mes questions, coupa Bolan en espagnol. Un, pour qui vous bossez ; 2, combien de types là-bas ; 3, description de votre armement ; 4, description des lieux et emplacement de vos effectifs.

Histoire de vérifier les informations déjà obtenues. Il avait maintenant en main un beau Smith & Wesson 9 mm Automatic Modèle 59. Plus très jeune, mais équipé d'un chargeur de quatorze coups et d'un impressionnant réducteur de son alvéolé de chicane. Un modèle soviétique que Bolan n'avait pu voir qu'une seule fois jusqu'ici. En Turquie[1].

— Tu as deux secondes par question, précisa l'Exécuteur de sa voix d'outre-tombe. Alors, magne.

L'autre déglutit avec peine, lâcha d'une voix détimbrée :

— Merde ! Qui tu es, toi ?

1. Cf. *Tempête de mort sur Istanbul.* L'Exécuteur N° 80.

— Plus qu'une seconde par question. On résume. Le nom de ton boss ?

Bref temps mort, puis :

— Canna. Armando Canna.

— Qui c'est, ce Canna ?

— Le... le boss de La Havane.

— On le trouve comment ?

— T'es dingue ! Canna canarde tout ce qui bouge sans sa permission. Même ses flingueurs personnels en ont peur ! Il...

— Où ?

Temps mort, déglutition, hésitation, reddition :

— « Le Temps des Guitares ». Un restau-boîte de nuit de Playa Guanabo.

Bolan tiqua. Guanabo touchait quasiment Santa Maria del Mar. Trois ou quatre kilomètres au plus. Par la Via Blanca, cinq minutes à peine. Notant l'incrédulité de Bolan, le Noir se hâta :

— C'est vrai ! Je jure !

Qu'est-ce qu'ils avaient tous à jurer comme ça...

— Il y est, ce soir, à Playa Guanabo ?

— *Si, si !* Il y est tous les soirs. Même que ce soir, il attend que Jesu aille lui dire, pour Gomez.

— Jesu ?

— Celui qui interroge Gomez. Avec Antonio.

Il n'avait pas honte, le Jesu en question. Pas peur non plus d'encourir les foudres célestes. Mais Jesu le mal nommé était donc le chef de ces minables flingueurs.

— Combien vous êtes en tout? Dans la baraque et dans le jardin?

— Ben... y en a plus qu'un dans le jardin.

— Son nom?

— Salsa. C'est... c'est son surnom.

— Son armement?

— Seulement un Colt 45. Et un couteau dans sa Santiag gauche.

— Donne.

— Hein?

— Donne le tien, de couteau.

L'Exécuteur connaissait trop la nature jalouse des petits flingueurs de ce genre. Aucun ne voulait laisser à l'autre l'exclusivité d'un mode d'armement. Il était sûr que le Noir avait également un couteau. Mais pas forcément au même endroit. Question d'amour-propre.

— Donne, répéta-t-il d'un ton glacé. Vite.

Dans le même temps, il s'était de nouveau penché sur le dossier pour tâter le bras droit du flingueur.

Gagné. Sous la manche de chemise.

Bolan n'avait pas trop de mérite. Sous ce climat tropical, il fallait au moins une bonne raison pour porter des manches longues. La gaine et le poignard changèrent de propriétaire. Un superbe Bowie de Cold Steel. Pour la chasse. De quoi trancher net le cou d'un sanglier. Reprenant son interrogatoire de vérification, l'Exécuteur questionna :

— Et dans la baraque, ils sont combien ?
— Antonio et Jesu. C'est tout.
— Leur armement ?
— Un P.M. Mendoza, un Colt 45 et un revolver 38 Spécial Smith. Et Jesu se sépare jamais de sa grenade fétiche. Il dit qu'elle porte bonheur.

Décidément intéressant, le Jesu en question.

— Comment est-ce qu'ils l'interrogent, Gomez ?

Hésitation, gêne apparente, puis :

— La baignoire.

Bolan avait perçu le malaise. Il insista :

— Sûr ?
— Sûr, sûr ! Je jure !

Encore ! Décidément, sous toutes les latitudes, les tueurs de la mafia manquaient d'imagination. De lamentables émules de la gestapo. Bolan fit la grimace, soupira :

— Vous êtes vraiment trop cons.

Et il appuya sur la détente du Smith & Wesson 59. Deux fois.

Cela fit deux explosions assourdies qui butèrent contre les rembourrages intérieurs de la Lada. Avec un tel réducteur de son, il était inutile de faire tourner le moteur. Touché en plein cœur à travers le dossier, le pourri partit en avant. Mais Bolan le tenait par le col et il revint sagement s'adosser, le menton sur la poitrine et les bras relâchés. Comme s'il dormait.

Maintenant, plus question de finasser. L'Exécuteur en savait assez pour intervenir dans les meilleures conditions. Il laça la gaine du Cold Steel à son mollet, fourra le S & W 59 à réducteur de son dans sa ceinture côté ventre, le Browning dans son dos.

Et en avant pour le blitz.

Trois minutes plus tard, il avait contourné le secteur sensible par la Calle 17. Une voie en tous points identiques à la 18. Là aussi, des promeneurs un peu partout. Mais les Calles étant pour la plupart des culs-de-sac, ils ne faisaient que descendre et remonter. Tout ça sentait l'insouciance et la bonne humeur des tropiques. Fidel Castro ou non, les populations caribiennes ne changeraient pas de sitôt.

Tout en se « promenant » avec son chapeau sur la tête, l'Exécuteur réfléchissait. Finalement, il ne risquait pas grand-chose à franchir une ou deux de ces palissades symboliques qui délimitaient les propriétés. Seul impératif, ne pas se faire repérer.

Arrivé au bout de la Calle 17, il n'eut qu'à fouler un bref terrain en friche pour retrouver la Calle 18. Il la remonta, ne repéra rien de particulier. Même la Nissan avait disparu. Parvenu sur le derrière des jardins des villas donnant sur l'Avenida Tercera, il lança un regard autour de lui, attendit qu'un couple soit passé pour se glisser entre les rideaux de palmes tressées qui condamnaient le jardin convoité. Là, tapi dans l'obscurité, il repéra le toit de la villa « Cacatoès » qui émergeait au-dessus des autres et, progressant comme une ombre, il se fondit dans la nuit.

Quelque part sur sa droite, des aboiements furieux s'élevèrent soudain et des bruits de chaînes tintèrent dans un vacarme assourdissant. Heureusement, le chien était attaché.

Quand, un instant plus tard, il buta contre la palissade en planches qui séparait ce jardin de celui de Gomez, il se redressa doucement pour risquer un coup d'œil par-dessus.

Il faisait noir comme dans un four.

L'Exécuteur laissa sa vue s'habituer à l'obscurité. Vingt secondes plus tard, il avait localisé le premier flingueur. Sans doute le fameux Salsa. Juste une silhouette. Plus noire que le reste, immobile, tapie sous les ramages oscillants d'un bouquet de bananiers. Le guerrier solitaire essaya de repérer un éventuel remplaçant au grand Noir qu'il venait de tuer. En vain. L'autre n'avait sûrement pas menti.

Alors, souple et silencieux comme un fauve, l'Exécuteur franchit la palissade, se laissa couler de l'autre côté, s'accroupit et attendit un peu.

Juste pour voir.

Mais il n'y avait rien d'autre à voir que les rais de lumière entre les lattes des persiennes et qui symbolisaient un drame. Celui de Gomez. Avec précaution, le guerrier solitaire contourna la silhouette noire de manière à la prendre à revers. Parvenu dans son dos, il nota un vague reflet au bout du bras droit du type. Un flingue. Il assura le manche strié du Cold Steel dans sa main et, bloquant son souffle, il bondit.

Ce fut si rapide que le salaud n'eut qu'à peine le temps d'émettre un très léger gémissement. Simultanément, le pied de l'Exécuteur avait shooté dans le pétard, sa main avait joué son rôle de bâillon et la terrible lame de chasse avait déjà cisaillé les deux carotides.

Gorge tranchée d'une oreille à l'autre, le pourri fut secoué par une série de sursauts déments. Un bruit écœurant s'échappa de son fondement et une odeur pestilentielle s'éleva dans l'air humide et chaud. Mais Bolan avait l'habitude. Il tenait toujours bon le corps contre lui. Il ne le relâcha que lorsque toute manifestation de vie l'eut déserté.

Il se releva, écouta la nuit, essuya la lame aux vêtements du mort, ramassa l'automatique que le pourri avait laissé échapper et se repéra.

A sa droite, un peu mieux éclairée que le reste, la façade de la villa « Cacatoès » offrait sa galerie et sa porte d'entrée vitrée. Impossible d'entrer par là. Trop exposé. Si la Nissan repassait au même moment, c'en était fait de l'effet de surprise. Sans compter les éventuels regards curieux du voisinage. En revanche, une sorte d'œil-de-bœuf sans éclairage était situé sur le côté, à environ deux mètres du sol. Des toilettes ou une salle de bains. Il s'approcha, toqua à un tamis métallique avec la crosse du S & W, attendit un peu avant de recommencer.

Rien.

Il fit alors levier sur le cadre avec le couteau et le tamis s'arracha dans une succession de petits craquements inquiétants. Prêt à tout, Bolan attendit encore, puis, comme rien ne se produisait, il engagea son bras dans la croisée ouverte et accomplit un rétablissement qui l'amena sur l'entablement.

Trois secondes après il était dans la place.

Il était bien dans les toilettes. Ça sentait l'humidité et le désinfectant à la lavande.

Bolan prêta l'oreille, puis, certain que personne ne l'attendait derrière la porte, il ouvrit doucement celle-ci. Derrière, un étroit couloir. Au fond, de la lumière brillait autour d'une porte entrebâillée. Une des pièces aux volets donnant sur l'Avenida Tercera. A l'autre extrémité, il y avait une autre porte. Entrouverte également. Avec aussi de la lumière dessous, une toux caverneuse et des bruits d'eau.

Et une voix. Rageuse.

— *Puta mierda!* Tu vas parler!

La salle de bains, la salle de torture du pauvre Gomez.

Smith & Wesson en main, l'Exécuteur avança dans l'ombre. A l'opposé de la salle de bains. Pour aller plaquer son oreille au battant.

Rien.

Il risqua un œil dans l'ouverture, découvrit un coin de salon meublé en bambou, poussa un peu le panneau pour vérifier que la pièce était bien déserte. A part d'insolites flaques d'eau sur le parquet ciré. Il retourna dans le couloir, s'approcha à pas de loup de la porte de la salle de bains. Derrière, la « conversation » continuait. Toujours des bruits d'eau et des menaces.

L'Exécuteur assura le S & W dans sa main gauche, et le Browning dans la droite, il envoya un grand coup de pied dans la porte.

La scène lui sauta aux yeux en un centième de seconde. Gomez, nu, étroitement ligoté des pieds aux épaules, les deux pourris qui lui maintenaient la tête dans l'eau de la baignoire. Au bruit que fit Bolan, les deux types tournèrent la tête ensemble. L'un d'eux ouvrit de grands yeux incrédules, lâcha le bras de Gomez, tendit le bras en direction d'une chaise sur laquelle était posé le P.M. Mendoza.

Il n'eut pas le temps d'achever son geste.

La 9 mm quasi-silencieuse du Browning lui arracha l'œil gauche et une partie de la tempe. Tandis qu'un geyser de sang giclait de l'orbite vidée, il battit des bras en s'écroulant dans la baignoire, créant un épais bouillonnement insolite.

— Stop !

Son index était encore pâle sur la détente, mais le gros réducteur de son menaçait à présent la tête du deuxième pourri. Tétanisé, celui-ci regardait l'Exécuteur comme s'il s'agissait du diable.

Ce qui était un peu le cas.

Pendant ce temps, affalé sur les genoux, le corps de Gomez était toujours plié sur le rebord de la baignoire. La tête dans l'eau. Une eau étrangement rouge et bouillonnante.

— Flingue, fit Bolan de sa voix sépulcrale.

Il désignait la crosse du Colt 45 engagé dans la ceinture du tortionnaire.

L'intéressé ne se fit pas prier. Hagard, il semblait complètement dépassé par les événements. Avec des gestes mous, il laissa tomber le Colt et le poussa vers Bolan d'un coup de pied.

— A lui.

L'Exécuteur désignait Gomez. Un corps épais et plein de poils partout. Le tueur hésita, finit par tirer le correspondant du FBI hors de la baignoire.

Alors, pour la première fois de sa longue guerre contre le crime, Mack Bolan fut pris d'une nausée. Au sens propre du terme.

Car en matière d'atrocités, on atteignait les sommets.

CHAPITRE XIII

— A genoux.
La voix de Bolan n'avait pas monté d'un cran. Pourtant, le tueur sursauta comme s'il avait été frappé. Puis, les jambes flageolantes, il se laissa tomber à genoux à côté de Gomez, trempé de sueur, la mâchoire inférieure tremblante à claquer des dents. Alors, Bolan s'intéressa de nouveau à Gomez.
C'était l'horreur.
L'Exécuteur pouvait effectivement reconnaître Gomez. Surtout grâce à sa grosse bague. Une bague pleine d'éclats de diamants qui était toujours à son annulaire. Mais l'annulaire, lui, avait roulé au pied de la baignoire. Sectionné net à la dernière phalange. La prime du bourreau. Et si on pouvait encore douter avoir affaire au correspondant du FBI, il suffisait de regarder ses dents. De belles incisives en or, parfaitement visibles.
Car Gomez n'avait plus de lèvres.

Il n'avait plus non plus de visage. Toute sa face n'était plus qu'un horrible magma de chairs hachées, blanchâtres par endroits, rouges de sang à d'autres. Il n'avait plus de nez, plus de menton, plus d'oreilles, plus de cuir chevelu et plus d'yeux non plus.

En résumé, Pedro Gomez n'avait pratiquement plus de tête.

Pourtant, il respirait encore.

Un souffle chuintant et écœurant qui sortait par l'orifice béant de sa bouche aurifiée. La hideur absolue. Bolan s'approcha de la baignoire bouillonnante, vit des choses argentées scintiller autour du corps du pourri et comprit tout.

Les piranhas !

Les fameux piranhas de collection dont avait parlé Gomez. Le regard de Bolan quitta la face ravagée du correspondant pour aller se fixer sur celle du pourri. Comprenant le message, celui-ci retrouva la parole pour s'écrier :

— C'est pas moi ! L'idée est de lui !

Il désignait celui dont s'occupaient à présent les piranhas et qui n'avait déjà plus grand-chose sur le crâne. Ecœuré, l'Exécuteur questionna :

— Pourquoi ?

— Il... Le boss nous avait dit de le faire parler.

— Canna?
— Oui! Canna!
— C'est toi qui devais l'appeler au « Temps des Guitares »?

L'autre ne songeait même pas à s'étonner. La trouille le faisait trembler et il en bavait sur son devant de chemise. Il secoua la tête.

— Non. C'est lui. Jesu.

Il désignait toujours le mort. Difficile de faire confirmer. L'Exécuteur questionna encore:

— Ceux de la Nissan, qui est-ce?
— Des... des collègues. Font partie de l'équipe des flingueurs personnels de Canna. Ils font le tour sans arrêt. Pour surveiller les opérations.

Pas follement efficace, la surveillance.

— Combien ils sont, dans la Nissan?
— Deux. Plus le chauffeur. Et nous, bien sûr.
— Ça veut dire qu'en ce moment, à la boîte, Canna n'est plus protégé?
— Si. Par Donato et deux autres.
— Explique-moi comment ça se passe, au « Temps des Guitares. »

Réalisant qu'il pouvait sauver sa peau en collaborant, l'ordure renseigna:

— La boîte, c'est au rez-de-chaussée. En haut, c'est privé. C'est là que Canna passe ses soirées quand il y va. En principe, il est toujours avec au moins deux gonzesses. Les deux autres restent en bas, mais Donato ne le quitte pas. Il assiste à tout. C'est son âme damnée. Toujours armé d'au moins un pétard et un Ingram M.10. Il a le tir dans le sang. On dit que mort, il continuerait à canarder ses adversaires. D'une précision folle. Même avec l'Ingram. Il s'est fabriqué des chargeurs de cent coups. Il les jumelle. Ça fait deux cents. De quoi décimer une armée.

On avait beau être révolutionnaire prolétarien, on n'en aimait pas moins la technologie US. Le pourri semblait fier des capacités du nommé Donato. Bolan désigna le pauvre Gomez qui râlait faiblement au pied de la baignoire.

— Qu'est-ce qu'il vous a dit ?
— Rien.

Incroyable. Gomez, un commercial de société, un simple indic du FBI, avait subi tout ça sans parler. Où allait parfois se nicher l'héroïsme ! L'Exécuteur hocha la tête, plongea son regard d'acier dans celui du flingueur et, de sa voix sépulcrale, il laissa tomber, plein de mépris :

— Crève.

Le pourri n'eut même pas droit à une balle.

Parti à la volée, le pied de Bolan l'atteignit sous le menton. Avec une telle violence que la tête brutalement rejetée en arrière craqua sinistrement. Mâchoires en bouillie et vertèbres cervicales brisées, le flingueur partit en arrière, son crâne percuta le mur carrelé et il demeura une seconde ou deux comme collé à ce dernier, avant de glisser lentement au sol.

Lui avait eu de la chance.

Tué sur le coup.

Aussitôt, l'Exécuteur se précipita sur Gomez, trancha ses liens, ramassa le doigt coupé, transporta le supplicié dans le salon aux meubles de bambou et l'allongea sur un canapé. Il le recouvrit d'un plaid, se pencha vers un de ses conduits auditifs privé d'oreille et souffla :

— Vous m'entendez, Gomez ?

Mais l'Argentin agonisait. Saigné à blanc par les oreilles. Pour seule réponse, il n'émit qu'un son plaintif. Il ne pouvait sûrement guère entendre et, de toute façon, avec sa bouche sans lèvres, il était incapable de prononcer le moindre mot.

Alors, l'Exécuteur fit une chose très difficile. Une chose qui lui fit mal à l'âme.

Il tua Gomez.

D'une balle dans la tête. Comme on achève un cheval blessé. L'ultime charité.

Avant de quitter les lieux, l'Exécuteur alla également sortir le cadavre de Jesu de la baignoire. Mais là, plus question de charité.

Même fétiche, une grenade, ça pouvait toujours servir.

Dehors, la petite foule dolente avait disparu. Même terminée, la saison des pluies laissait encore percer un peu de son chagrin de temps à autre. Quelques gouttes tièdes étaient tombées, vernissant les ramages des palmiers et donnant à l'air une illusion de fraîcheur. L'Exécuteur quitta le jardinet de Gomez par où il était venu, retrouva la Lada transformée en cercueil et, vérifiant que personne ne le voyait, il se tapit derrière et se mit à attendre.

Pas plus de cinq minutes.

La Nissan tournait à l'angle de la Calle 19. Il la laissa remonter à son allure de sénateur, nota que ses glaces latérales étaient toujours ouvertes et qu'il n'y avait personne aux alentours. Alors, avec les gestes sûrs de l'habitude, il ôta la goupille de la grenade trouvée dans la poche de Jesu et, tenant fermement la cuillère, il évalua la distance — temps nécessaire à la Nissan pour passer devant la Lada.

Puis il lâcha la cuillère.

Restait entre cinq et sept secondes. La Nissan n'était plus qu'à quatre secondes. Elle fut à la hauteur de la Lada exactement au moment estimé par l'Exécuteur. A travers les glaces de la Lada, ce dernier pouvait voir les trois faces des pourris se tourner vers la voiture. Il put même intercepter fugitivement l'expression intriguée du passager voisin du chauffeur. Forcément. S'ils s'attendaient à des manifestations amicales...

Tel un diable, le guerrier solitaire jaillit de derrière la Lada, balança son bras, redisparut aussitôt à l'abri du véhicule et roula dans le fossé. La forme noire et oblongue décrivit une courte parabole, s'engouffra dans l'ouverture de la glace abaissée, côté chauffeur. L'Exécuteur entendit un début d'exclamation, puis ce fut l'explosion.

Sèche et sourde à la fois.

Caractéristique.

Des choses fusèrent en chuintant dangereusement, frappant les tôles de la Lada, éclatant ses vitres. Puis une autre explosion secoua l'air humide. Plus sourde, plus puissante. Secouant les ramures mouillées, frappant les tympans comme un coup de poing.

Quand l'Exécuteur disparut dans la nuit, la Nissan et ses trois occupants n'étaient plus qu'une monstrueuse torche mais il s'en souciait peu. Pedro Gomez était entièrement vengé et lui-même avait encore à faire.

Beaucoup.

CHAPITRE XIV

— T'as entendu?
— Qu'est-ce que j'ai entendu?
— Quelque chose, fit Salvador Olpe en se penchant en avant comme pour mieux écouter. Quelque chose qui marchait.

Assis face à lui, Ortiz « Magnum » découvrit ses chicots dans un rictus entendu. Il leva le pouce vers le plafond d'où parvenaient des échos musicaux assourdis et des rires de femmes.

— Pour entendre, j'entends aussi, dit-il, finaud.

— Pas ça! protesta son vis-à-vis. Je te dis que j'ai entendu... des trucs.

Ortiz haussa de maigres épaules sous son T-shirt crasseux où se devinaient encore les vestiges d'une décalco du Che.

— T'es nerveux comme une gonzesse.

Salvador sursauta comme si un serpent l'avait mordu. Dans la faible lueur de la lampe à pétrole, sous sa frange de courtes tresses noires emperlées de toutes les couleurs, ses petits yeux en boutons de bottine fulgurèrent d'un brutal accès de rage. Sa bouche se transforma en un simple trait blême et il siffla entre ses courtes dents gâtées :

— Répète et je te bute.

De l'étage leur parvenaient les échos d'une salsa en sourdine. Entrecoupée de gros rires d'homme et de gémissements de femmes. Canna s'amusait. Mais Ortiz n'écoutait pas. Il savait Olpe très capable de mettre sa menace à exécution. Dans sa main maigre et aussi noire que sa figure anguleuse, le mufle court du petit 38 Colt Agent au canon de deux pouces s'était soudain matérialisé. Comme par enchantement. Tous les flingueurs, les quatre qui formaient maintenant son équipe et ceux avec lesquels il avait été amené à travailler par le passé, étaient persuadés que Olpe avait travaillé dans le cirque. Capable de faire sauter les dents d'un type à cinquante mètres.

Le genre d'exploit qui sortait Ortiz de ses gonds.

D'ailleurs, il détestait Olpe et ses finesses au 38 Spécial. Son truc, à lui, c'était le 357 Magnum. Avec des balles taillées en croix. Le genre d'outil qui fait sauter la tête d'un rhinocéros. Mais Olpe et lui étaient du même village et ils se « devaient » respect et amitié. Tradition oblige.

— Je te dis que j'ai entendu quelque chose, insista Olpe.

La main quand même tout près de la crosse de son gros Magnum, Ortiz se permit un ricanement :

— Moi aussi, j'entends des trucs, dit-il en montrant le plafond. Même que ça commence à me démanger, à force d'entendre.

Olpe ne releva pas. Toujours posté au coin de la fenêtre qui donnait sur le parking du « Temps des Guitares », il scrutait la nuit tropicale. Tendu. A ce moment, il aurait suffi qu'Ortiz insiste pour qu'il lui envoie le contenu de son barillet.

Mais les choses se calmèrent et Ortiz pensait à autre chose. Il avait hâte que Canna en ait enfin fini avec ses gonzesses. Hâte aussi de voir rappliquer la Lada et la Nissan. Hâte d'aller se coucher. Tout simplement.

C'était un être simple et au rythme biologique bien réglé.

Et puis il avait faim.

— C'est bizarre, dit encore Olpe en se penchant davantage vers la fenêtre. C'est bizarre.

Ortiz leva les yeux au ciel. Agacé.

— Qu'est-ce qui est bizarre ?

Cette fois, Olpe se détourna de la fenêtre

pour considérer son *alter ego* d'un regard franchement assassin.

— T'entends même pas le chien !
— Quel chien ?

Mais tout en répondant, Ortiz comprit qu'il faisait allusion à Dog. Le chien des patrons de la boîte. Or, ce bâtard n'aboyait presque jamais. Trop vieux. Trop paresseux aussi. Habitué au vacarme du night, il se contentait de ronger tranquillement sa laisse en attendant sa gamelle. Une bonne vie de clebs, en somme. Mais c'était vrai, ce soir, Dog aboyait. Bizarre.

Alors, Ortiz décida de faire plaisir à Olpe.

— Tu devrais quand même aller voir, proposa-t-il.

Sans inquiétude. Il n'était en fait pas rare qu'un couple ou deux de mômes se planquent dans le coin après la fermeture. La musique et le rhum...

— T'as raison, renvoya Olpe en faisant tourner le barillet de son 38 comme il l'avait souvent vu faire dans les westerns spaghetti. J'y vais.

Il gagna la porte de la cuisine pour prendre la sortie de derrière en ajoutant :

— Si je reviens pas, tu consoles mes veuves.

Vieille plaisanterie entre eux. A Cuba, la guerre des gangs n'existait pratiquement pas et les flics chassaient plutôt l'opposant politique que le *bandido*.

Finalement le socialisme avait du bon.

Olpe sorti, Ortiz se dit qu'il avait de plus en plus faim. Malgré sa maigre constitution, il dévorait sans arrêt et cela enrageait Olpe qui grossissait au moindre grain de riz avalé. Il se dit qu'il allait encore attendre un peu avant d'aller chaparder dans la cuisine, mais au bout d'un moment, n'y tenant plus, il allait quitter sa chaise quand Olpe revint enfin, son flingue à la main.

— Alors ? questionna ironiquement Ortiz. Tu t'es rincé l'œil ?

Il faisait évidemment allusion aux amoureux de l'extérieur. Olpe maugréa quelque chose d'inintelligible, retourna prendre sa faction derrière la fenêtre. Distrait un moment de sa fringale, Ortiz lui lança :

— Tu vois quelque chose ?
— Ta gueule.

Le ton de Olpe avait soudain changé. Toute hargne disparue, il semblait maintenant encore plus tendu qu'avant d'être sorti. Il fouillait la nuit sans savoir ce qu'il cherchait, mais il « savait » que quelque chose se passait... ou allait se passer.

Question d'instinct.

D'une part, il était convaincu d'avoir vu une voiture, peut-être un taxi, ralentir devant le chemin privé du « Temps des Guitares », d'autre part, il sentait que cet événement était lié à cette impression de danger latent qui ne le quittait pas. Seulement, il ignorait ce qui se passait et ça le rendait nerveux. Il resta posté derrière les lamelles du store un long moment, avant de se rendre à la raison. Il n'y avait rien.

— J'avais cru, dit-il simplement à l'adresse d'Ortiz.

L'intéressé ne répondit pas. Curieusement, maintenant que Olpe semblait rassuré, lui, il commençait à éprouver comme un malaise diffus. A cause des bagnoles. La Lada et la Nissan auraient déjà dû donner signe de vie. Au moins la Nissan. Les gars avaient ordre de venir au rapport au moins deux fois avant minuit. Or il était presque minuit et ils ne s'étaient présentés qu'une seule fois. Une heure plus tôt.

Et pas un seul coup de fil.

Alors que Jesu avait lui aussi reçu l'ordre de tenir Canna au courant du déroulement de son interrogatoire. Et l'inquiétude de Olpe commençait à déborder sur Ortiz. Au point que sa faim s'en estompait de manière inquiétante. Presque aussi inquiétante que la peur qu'il sentait monter chez son acolyte.

Une peur dissimulée, mais évidente. Presque palpable.

Même après que Olpe eut enfin quitté son poste d'observation, même après qu'il se fut rassis à la table d'Ortiz pour faire semblant de s'intéresser au ballet des insectes et autres papillons de nuit qui cisaillaient le halo doré de l'éclairage du bar.

— C'est bizarre qu'ils soient pas encore là, non ?

Olpe n'avait pu y tenir. Il fallait qu'il parle. Qu'il rompe cette espèce de torpeur maléfique qui les enveloppait. Pour un peu, il se serait mis à vider son barillet sur les araignées du plafond. Mais il craignait de passer pour un peureux, et surtout, au-dessus, il y avait justement Canna. Alors, il se contenta de répéter :

— C'est bizarre, hein ?
— Ta gueule.

Alors, Olpe la ferma. Plus par paresse que par réelle crainte du petit tueur. La rogne d'Ortiz était désamorcée. Emoussée. Remplacée par une tension qu'il cherchait visiblement à dissimuler et qui impressionnait finalement plus Olpe qu'il ne voulait se l'avouer. Mais le silence fut bientôt si pesant, si absolu qu'on aurait presque pu percevoir les grattements des insectes. Même Canna et les filles avaient cessé de rire.

— Passe les dominos, demanda soudain Ortiz.

— J'ai pas envie de jouer.

— Fais pas chier et passe les dominos ! T'as peur de paumer ton fric ?

Pas trop heureux, l'autre quitta sa chaise en lui faisant racler le parquet. Réveillés, des insectes nocturnes s'égayèrent un peu partout avant de disparaître de nouveau entre les lattes. Il rapporta la boîte de dominos que le patron laissait sous le comptoir et ils commencèrent à les installer sur la table. Mais Ortiz avait à peine fini d'aligner les siens qu'il sentit sa fringale revenir.

— J'ai faim, dit-il en quittant sa chaise. Je reviens.

Olpe était trop habitué à ces débordements nutritionnels pour se formaliser. Tandis qu'Ortiz disparaissait dans la cuisine, il alluma un cigarillo de déchets de havane et tendit de nouveau l'oreille. Guettant le moindre bruit de moteur. En vain. Outre les échos des ébats de Canna à l'étage au-dessus, le seul bruit qu'il entendit provenant de la cuisine fut celui d'un objet qui tombait. Au bout d'un moment, il se dit qu'Ortiz commençait à exagérer et il cria :

— Eh, tu le magnes, ton cul de rat ?

Sans réponse. Ortiz était trop occupé à bâfrer. Olpe se leva à son tour, fit un bref passage devant la fenêtre pour jeter un regard à l'extérieur et, son malaise toujours chevillé au corps, il poussa la porte de la cuisine.

— Eh, tu fais chier! grinça-t-il. Arrête de t'empiffrer et viens...

Le reste de la phrase fut bloqué dans sa gorge. Paralysé, le froid lui pénétrant les entrailles, le tueur sentit son estomac se révulser. Tétanisé, il ne pouvait même plus fermer la bouche... et encore moins arracher le 38 de sa ceinture. Frappé par l'horreur.

Ortiz était là. A trois mètres, cloué à la grosse table en bois de la cuisine. Avec du sang partout, un croûton de pain enfoncé dans la bouche et une chose bizarre et noire qui lui sortait du cou.

Un poignard.

Un poignard dont la lame enfoncée dans son cou était aussi plantée dans la table.

Soudain, Olpe reprit pied dans la réalité. D'instinct, sa main plongea vers la crosse du 38. Mais elle ne l'avait pas encore trouvée, qu'une voix sinistre s'élevait dans son dos :

— Tu bouges, t'es mort.

Une voix d'outre-tombe.

CHAPITRE XV

D'abord, tout s'était figé dans l'esprit de Salvador Olpe. Ce qu'il avait devant lui le rendait fou de peur. Et malgré l'évidence, il n'arrivait pas à y croire. Puis, d'un coup, tout redevint net dans son esprit.

Ortiz « Magnum » ! Mort !

Sa bouche s'ouvrit sur un coassement avorté et il relança sa main vers son arme. Mais là encore, il eut du mal à réaliser.

Un coup terrible la lui arracha des doigts. Sans même le blesser.

Le 38 vola à travers la cuisine.

Il avait à peine perçu le « flop » caractéristique et en habitué qu'il était des armes à feu, il réalisa avec horreur ce qui se passait.

Une nouvelle fois, sa bouche s'ouvrit. Pour crier. Là-haut, il y avait Donato. Et Canna lui-même, qui n'était pas manchot. Il lui suffisait de laisser passer ce cri qui demeurait dans sa gorge et le fumier qui venait de le désarmer se ferait buter. Forcément.

Seulement, le cri restait là. Au bord de ses lèvres glacées. Il n'arrivait pas à se décider... à mourir. Car il le savait, s'il criait, l'autre tirerait encore. Et un type qui en désarmait un autre de cette manière pouvait largement loger un chargeur dans une tête. Pourtant, il devait faire quelque chose. Passé un certain degré, la peur devenait abstraite et on pouvait la dépasser. La porte était à un mètre. Il lui suffisait de plonger. Une fois dans la salle, il ne ferait qu'un bond. Jusqu'au comptoir sous lequel il y avait le vieux 45 du patron. Il connaissait l'endroit exact. Il...

— Tss, tss!

Juste une mise en garde. Presque complice. Mais la haute silhouette qui venait de déboucher de l'ombre du coffrage de l'escalier, ressemblait à celle du diable. Un type immense, duquel semblaient émaner une volonté et un calme inflexibles. Dans le regard minéral qui le fixait, l'unique ampoule de la cuisine allumait des lueurs implacables et le pistolet à l'énorme réducteur de son qu'il pointait sur lui avait des allures d'arme futuriste. Alors, la bouche encore stupidement ouverte et les deux mains inutiles écartées du corps, le petit tueur cubain restait là, prostré, incapable de réaliser vraiment la situation.

Incroyable! Lui à qui rien n'était jamais arrivé depuis son entrée au service de Canna. Lui et Ortiz. Possédés. Par un inconnu sorti d'on ne savait où, et qui semblait ne jamais avoir eu peur de sa vie.

Un étranger.

Genre militaire.

Genre... américain!

— Où est Canna?

L'étranger parlait bien l'espagnol. Et il avait une belle voix. Calme, profonde, avec des inflexions si dangereuses qu'elle faisait naître la chair de poule. Une voix à laquelle on ne pouvait que répondre. Olpe avala sa salive et le miracle s'accomplit. Il put de nouveau parler:

— Qui... qui tu es...

— Réponds.

Toujours ce timbre tranquille et pourtant si sec. Si dangereux. Le flingueur était complètement dépassé. Pour la première fois de sa minable existence, il était du mauvais côté du canon. Et celui-là était impressionnant. D'ailleurs, il le reconnaissait. Il appartenait à...

Bon Dieu! Se pouvait-il que...

— Où?

Dans le regard minéral et glacé, il y avait toute la sûreté du monde. Ce type-là ne pouvait pas perdre. Jamais. Impossible de ré-

sister. Désignant la porte encore ouverte sur le bar, Olpe coassa misérablement :
— L'escalier. Là-haut.
— Combien ?

Le trou noir du réducteur de son était maintenant exactement pointé entre les yeux de Olpe. En cas de malheur, il verrait presque le projectile et la mort fondre sur lui.
— Combien ?
— Deux. Ca... Canna et Donato. Plus deux filles.
— Où ça ?
— Dans le salon. Tout de suite à gauche.
— Armement ?
— Canna, un Colt Government. Donato, un flingue et un P.M.
— Ingram ?

Ce type était sorcier !
— Oui. Ingram.

Olpe chuchotait à peine ses réponses. En prévenant les autres maintenant, il se condamnait. A cet instant, il regretta qu'Ortiz fût mort. Il aurait aimé voir comment il s'y serait pris avec son Magnum contre un type de cet acabit.
— C'est bien, fit le diable noir.

Malgré lui, Olpe fit un pas en arrière. Certain que la mort allait jaillir de l'orifice noir du réducteur de son.
— Tss, tss ! fit de nouveau l'étranger. On monte.

Devant l'hébétude du flingueur, Mack Bolan ajouta :

— Evite les conneries, tu survivras peut-être.

L'autre hocha frénétiquement la tête, bêla :
— Qu'est-ce qu'on fait ?
— Tu montes devant moi. Si on nous entend avant d'arriver, tu les amuses le temps que je flingue.

L'Exécuteur marqua un silence, ajouta, menaçant :
— Si une seule des filles écope, je te tue.

Les filles étaient l'unique sujet d'inquiétude de l'Exécuteur. Avec l'effet de surprise et cet arsenal qu'il se composait peu à peu en ramassant ce qu'il trouvait chez l'ennemi, il avait désormais de quoi « parler » à l'adversaire. Rendu inutilisable par l'impact de la 9 mm du Browning, le petit 38 de deux pouces ne l'intéressait plus. En revanche, le superbe 357 Magnum de feu Ortiz était le bienvenu. Il le fourra dans sa ceinture et, P.M. Mendoza dans le coude gauche, il délaissa le Browning dont le réducteur de son réduisait quelque peu la précision. Avec cette histoire de filles, il valait mieux tirer juste. Au millimètre près. Alors, Smith & Wesson Auto dans la main droite, il poussa Olpe devant lui en prévenant presque gentiment :
— Sage.

Ils gagnèrent la salle, et l'Exécuteur commanda :
— On y va.

Ils commencèrent à escalader les marches craquantes et Bolan posait son pied sur la cinquième, quand une porte s'ouvrit sur le palier. Des rires de filles fusèrent et une voix résonna :
— Ortiz ?

Salvador Olpe tressaillit violemment et Bolan le sentit sur le point de craquer. Prêt à tout lui-même, il gronda doucement :
— Réponds. Juste « oui ».

Un temps mort, puis :
— *Si ?*
— C'est toi, Salva ?
— *Si.*
— Où il est, Ortiz ?

Bolan donna un cou de canon du S & W dans les côtes de Olpe.
— Sorti pisser.

Encore un temps mort, des rires de filles, un grognement d'homme et enfin la même voix :
— Le boss a soif. Apporte du rhum.
— *Si.*

Là-haut, la porte se referma et sur un signe de l'Exécuteur, ils redescendirent. Autant jouer le jeu, ça pouvait endormir les éventuelles méfiances.

Quand ils remontèrent, Olpe tremblait des pieds à la tête. Dans sa main, la bouteille de rhum blanc menaçait la chute.

— Là-haut, ordonna l'Exécuteur, tu entres normalement, la bouteille à la main et...

— J'entre jamais, coupa Olpe. Canna veut pas. Je frappe et Donato vient prendre la livraison sur le palier.

Parfait. Changement de tactique. Le réducteur de son du Browning allait de nouveau être utile.

— O.K., avance.

Mais Bolan n'avait pas encore eu le temps de grimper que la porte du palier s'ouvrait de nouveau. En grand. Projetant un halo de lumière jaunâtre sur le palier. Simultanément, une silhouette longiligne, interminable s'inscrivait dans la tache lumineuse.

— Alors, ce rhum! Tu le...

L'Exécuteur aurait voulu se rejeter dans le noir, mais il était trop tard. A la seconde même où la phrase restait dans la gorge de Donato, l'index de Bolan enfonçait la détente du G.P. Vigilant. L'arme éternua faiblement et là-haut, le flingueur poussa un grognement de douleur en portant la main à son épaule gauche. Gêné par la présence de Olpe devant lui, l'Exécuteur n'avait pas pu ajuster son tir. Il doubla instantanément, mais Donato était doté de foudroyants réflexes. Plongeant au sol dans une chute acrobatique arrière, le garde du corps de Canna avait déjà envoyé la sauce.

Une seule rafale. Courte. Professionnelle. Pour fixer l'adversaire. Le vacarme des 9 mm de l'Ingram cloua le rire des filles et le mur éclata autour de la tête de Bolan. A moins de dix centimètres. A l'estimation, calibre 45 ACP. Devant lui, Olpe poussa un cri aigu, bascula sur lui en envoyant du sang partout.

Le crâne éclaté. Mort avant de toucher le mur.

Déjà, l'Exécuteur avait triplé le tir. Mais Donato était une véritable anguille. Roulant sur le plancher, criant à Canna de se mettre à l'abri, il envoyait rafale sur rafale. Par cinq coups maximum. A ce train-là, les cent cartouches de son premier chargeur allaient durer des siècles.

Cette fois, plus question de finasser.

En haut, il y avait Canna. Et Canna, l'Exécuteur le voulait. Il fallait faire vite. Et fort. Déjà, il entendait une fenêtre s'ouvrir dans le salon. Alors, jouant le tout pour le tout, Bolan bondit de l'autre côté de la cage d'escalier, sauta trois marches, hissa le Mendoza à bout de bras et lâcha une rafale.

Au ras du plancher du palier.

Puis, dans son élan, il se lança à l'assaut du reste d'escalier. Il fut en haut en trois secondes, enregistra la position de Donato en un millième de seconde. Allongé sur le parquet, jambes écartées comme un sniper en position, le flingueur avait l'Ingram bien en ligne.

Une autre rafale.

Mais Bolan avait encore changé de place. Et fait feu à son tour.

— Ahhh !

Ce fut tout ce que put dire Donato. Crâne éclaté, il avait littéralement glissé en arrière sur le plancher sous la force des impacts. Mais, selon sa légende, son doigt resta crispé sur la détente de l'Ingram. Et tout le chargeur y passa.

Quand dans une chute avant d'aïkido impeccable, l'Exécuteur put enfin rouler sur les tapis du salon, Canna était juché sur l'appui d'une des fenêtres. Nu comme un ver.

— Vas-y, salaud, s'exclama-t-il dans une espèce de rugissement. Vas-y, flingue, connard !

D'une main, il brandissait un gros Colt 45 Government, de l'autre, il serrait les cheveux d'une fille en bas résille et porte-jarretelles noirs.

Plaqué à son dos, il s'en servait de bouclier.

Et la fille avait peur. Très peur.

CHAPITRE XVI

L'Exécuteur avait déjà analysé la situation, quand Canna éleva le 45 dans sa direction. Il sut qu'il n'avait qu'une demi-seconde pour agir, que le Mendoza et son tir imprécis étaient proscrits et qu'il n'aurait droit à aucune erreur.

Alors il tira.

Une seule fois.

Le 9 mm jaillit du réducteur de son du Browning dans un éternuement bref et, avec une joie sauvage, l'Exécuteur vit le poignet du *capo* de La Havane se fracasser sous ses yeux. Le 45 vola, du sang gicla, ainsi que des esquilles d'os blanchâtres. Le Cubain poussa un hurlement inhumain, lâcha les cheveux de la fille, et, ivre de douleur, voulut quand même sauter par le fenêtre.

Bolan fut sur lui d'un bond, l'attrapa par le bras, le fit s'écrouler sur le mauvais parquet et grondant de sa voix d'outre-tombe :

— Tu bouges, je te fais sauter l'autre poignet.

Affolées, les deux filles avaient disparu. Quasiment nues. Leurs vêtements étaient épars sur les canapés du salon et deux magnums de Moët et Chandon gisaient au pied d'un grand lit entouré de glaces.

A Cuba, les restrictions ne touchaient pas tout le monde.

En attendant, il ne fallait pas traîner. Les filles allaient donner l'alerte et le secteur allait très bientôt grouiller de *segurosos*.

— Mon poignet, gémit le *mafioso*.

De fait, deux fontaines de sang coulaient abondamment de ses chairs éclatées. Dans un moment, il serait saigné à blanc. Bolan hocha la tête :

— Enfile ton bénard. Je t'emmène.

Choqué, le pourri obéit en mettant du sang partout. Exsangue, il tremblait nerveusement et l'Exécuteur le pressa encore.

— T'as les clefs de ta bagnole ?

Canna secoua la tête.

— Donato.

Quand il fut prêt, Bolan le poussa devant lui, le fit s'arrêter devant le corps du flingueur.

— Prends les clés, ordonna-t-il.

Canna se pencha avec répulsion, fouilla le mort de sa main gauche et exhiba un petit trousseau qui sonna joyeusement.

— En avant.

Dans le parking, l'Exécuteur vit deux têtes à une fenêtre d'un bâtiment annexe. Sans doute les patrons du « Temps des Guitares ». Quand ils émergèrent à l'air libre, les deux têtes disparurent précipitamment. Bolan poussa le *mafioso* vers l'unique véhicule encore garé sur le parking de fortune. Une superbe Volvo 760 GLE. Tandis que Canna en ouvrait la portière, Bolan questionna :

— Boîte automatique ?

— *Si*, gémit l'autre.

— Alors, tu te mets au volant et tu suis mes instructions. A la moindre connerie, je te bute.

La Volvo quitta le parking, tourna à gauche, emprunta l'Avenida Tercera (il y en avait quasiment une dans chaque localité cubaine). Elle longea la plage où une petite armée de *tities* leur fit des signes d'invite.

— A gauche, ordonna Bolan.

Assis près de Canna, il lui avait enfoncé le gros réducteur de son dans les côtes. L'autre gémit :

— Je saigne !

C'était plus que vrai. Mais l'Exécuteur avait sa petite idée. Plus Canna aurait peur, mieux cela vaudrait. Il ordonna encore en indiquant l'enfilade rectiligne de l'Avenida Quinta :

— Roule.

Plus loin, il le fit reprendre à droite et la Volvo se mit à longer l'Avenida Primera, le long de la Playa Boca Ciega. Jusqu'au grand parc qui séparait Boca Ciega de Santa Maria del Mar. Là, Bolan fit stopper la voiture sur un des deux parkings de la plage et commanda :

— Arrête le moteur.

Canna obéit, gémit encore :

— Je suis en train de me vider, *señor* !

Le respect grimpait avec la trouille de mourir. Dans l'ombre de l'habitacle, l'Exécuteur esquissa une ombre de sourire polaire pour déclarer de sa voix d'outre-tombe :

— Pas *señor*. Bolan. Seulement Mack Bolan.

— Hein ?

Sous l'effet de la surprise, le *mafioso* cubain en oublia un instant ses problèmes. Littéralement tétanisé, il avait tourné la tête vers Bolan et le regardait, les yeux hors des orbites.

— Tu..., souffla-t-il enfin, tu veux dire que...

— Mon nom est Mack Bolan, répéta l'Exécuteur. Et tu n'as pas le choix. Je veux tout savoir.

Canna n'en revenait pas. Bolan ! Mack Bolan, le grand Fumier, la légende noire responsable de tant de morts d'*amici* dans le monde entier ! Mack Bolan était là. Assis près de lui. Mack Bolan à... Cuba !

Si le G2 avait su...

— Rêve pas, imbécile, gronda l'Exécuteur. Prends ta ceinture et fais-toi un garrot.

Hébété, l'autre obéit. Mais dès le garrot terminé, ce fut Bolan qui en saisit les extrémités.

— Tu coopères, dit-il, je garde le truc serré. Tu déconnes, je desserre. T'as compris la règle du jeu ?

— *Si.*

— On commence. Je sais que cent tonnes de coke en provenance de Colombie sont en train de transiter en ce moment par Cuba. Je sais que cette saloperie est destinée à inonder le marché des Etats-Unis. Nom de code de l'opération, BIG DREAM.

A mesure que Bolan parlait, la face transpirante de Canna se rétrécissait à vue d'œil. La trouille, l'incrédulité. L'Exécuteur poursuivit :

— Je sais aussi que plusieurs pontes de l'*Organized Crime* sont ici en ce moment et que leur présence est liée à cette opération.

L'Exécuteur marqua un temps, assena :

— Maintenant, je veux tout savoir de cette opération BIG DREAM et sur ses acteurs. Si tu m'en dis assez, malgré le traitement infligé à Pedro Gomez par tes hommes, je te laisserai peut-être vivre. Je dis bien, peut-être.

Au nom de Gomez, le *mafioso* sursauta :
— Go... Gomez ?

Bolan le renseigna sur ce qui s'était passé à la villa « Cacatoès » et Canna se tassa un peu plus sur son siège. Sans commentaires. Il avait compris que sa vie ne tenait réellement qu'à un tout petit fil. Mais il avait aussi entendu dire par la légende que le grand Fumier graciait parfois ses ennemis. Alors, parce qu'il fallait bien vivre, il demanda :

— Qu'est-ce que tu veux savoir ?
— Tout. D'abord, les noms des pontes en question.

Bolan les connaissait déjà. C'était juste pour tester la bonne foi du *capo* de La Havane. Celui-ci secoua la tête, déclara d'une voix haletante :

— Je suis pas au courant de tout. C'est Raminda, Josef Raminda, un vague parent par alliance du vice-président actuel qui dirige toutes les « familles » de Cuba. C'est lui le super-*capo*. Lui seul sait tout de cette affaire. Mais il est intouchable. Il vit dans l'entourage direct de Fidel et il est protégé par toute une armée.

— Si tu ne sais rien...
— Attends ! Je... je connais les noms des pontes étrangers et je sais où ils crèchent.
— Accouche.
— Juan Perez, récita Canna, émissaire de

Pedro Faenza, un des pontes du cartel de Medellín.

Bolan hocha la tête.

— Continue.

— Antonio Linares. Un ancien copain de Batista qui trafique dans tout. Y compris la came. A grande échelle.

— Ensuite ?

— Stan Barral, conseiller du boss actuel de New York, et un certain Don Rafaele. Mais pour lui, je sais rien de plus. Sinon qu'il est venu d'Italie et qu'il est très vieux.

— Continue, fit Bolan. Pourquoi se sont-ils réunis ?

Haussement d'épaules de Canna.

— Je suppose que c'est pour contrôler sur place que chacun d'eux ne va pas essayer d'entuber les autres. J'en sais pas plus là-dessus.

— Comment doivent-ils s'y prendre pour acheminer la drogue aux States ?

Cent tonnes, ça nécessitait une belle logistique et le DEA et les polices locales veillaient sur toutes les côtes américaines. Pas un bateau, pas un avion privé qui ne soit contrôlé. Canna haussa de nouveau les épaules.

— Si je le savais, je te le dirais. Je suis pas dans le coup.

C'était sûrement vrai. Bolan insista :

— L'endroit où loge tout ce beau monde ?

— Une villa. Celle de Linares, l'ancien pote de Batista.

Bolan tiqua :

— Tu veux dire que Linares a conservé ici une résidence sous le régime de Castro ?

— *Claro que si*. Il fait beaucoup de commerce avec Cuba. Fidel le protège.

— Où elle est, cette villa ?

— Dans la montagne. A Montalvo. Une véritable forteresse. Gardée par les *pistoleros* de Josef Raminda. Au moins une douzaine. Tu peux pas te tromper, c'est la seule villa du genre. Des murs de quatre mètres, des caméras de surveillance, des projecteurs pour la nuit. Inviolable.

Il en semblait presque fier, le pourri. Dans sa petite tête, il devait se dire que de toute façon, le grand Fumier ne ressortirait jamais de Cuba. Bolan le doucha aussitôt :

— Tu veux vraiment sauver ta peau de con ?

Sans réagir à l'insulte, le *mafioso* bêla :

— Ben... *si !*

— Alors, je vais te donner deux occasions de le faire.

— *Si, si !*

Il voulait vraiment vivre. L'Exécuteur demanda :

— Indique-moi quelqu'un à Cuba qui puisse me vendre des armes. Je veux dire, de *vraies armes*. De guerre.

Canna n'eut pas une hésitation.

— Hans Lieme, dit-il dans un souffle. Un Allemand qui vit la moitié du temps à Cuba. Une relation de Raminda. Mais c'est une ordure. Un serpent à sonnette. Trafiquant d'armes depuis son enfance. Il alimente tous les foyers de guerre de l'Amérique latine.

— Où je le trouve?

— Une villa. Mais c'est loin. Santiago de Cuba.

A près de 800 kilomètres. Mais ça avait au moins l'avantage d'approcher l'Exécuteur de la base US de Guantanamo. Là-bas, il pourrait peut-être essayer de contacter le lieutenant Sam Mellors. Celui par qui précisément il aurait dû avoir son arsenal personnel. Mais on n'en était pas là. Bolan hocha la tête, puis, détachant bien ses mots de manière à être parfaitement compris, il lâcha:

— Voilà la deuxième occasion de te sauver, dit-il.

— *Si, si!*

L'Exécuteur marqua une pause, commença:

— Il s'appelle Hernie Garth, il est grand, blond, il a déserté l'armée US au Viêt-nam et je sais qu'en ce moment, il est à Cuba.

Il laissa son énumération se frayer un chemin jusqu'au cerveau de Canna, avant d'assener de sa voix d'outre-tombe:

— Tu as dix secondes pour me dire comment je peux le coincer.

— Hein ?

— Tu as parfaitement entendu.

— Mais... mais je connais pas ce type !

La voix du *mafioso* avait viré à l'aigu et il fixait Bolan avec des yeux ronds. Des yeux si incrédules que les illusions de l'Exécuteur furent aussitôt balayées.

A ce stade, Canna ne mentait pas.

Bolan en fut persuadé... et le réducteur de son du Browning éternua encore. Juste une fois.

Touché en plein cœur, le pourri ouvrit une bouche démesurée, parut frappé d'étonnement, avant de se tasser sur lui-même et d'émettre un étrange soupir. Son menton sur la poitrine, il semblait dormir. Ce qu'il faisait bel et bien.

Mais pour l'éternité.

CHAPITRE XVII

— Bolan.
La voix de Stany Barral avait claqué dans le silence comme un coup de fouet. Elle reprit presque aussitôt.
— Je vous dis que c'est le grand Fumier. Mack Bolan.
Cette fois, la voix du *consigliere* du boss de New York avait baissé d'un ton. Sous le regard délavé du vieux Don Rafaele, Barral perdait une partie de ses moyens. Rien à faire. Ce vieillard de l'ancienne école avait le don de lui glacer le sang.
A cause de sa légende.
On disait de lui qu'il avait tué de sa main plus de monde que n'en comptaient à son époque toutes les familles de Sicile. Pour faire place nette et s'octroyer la part du lion. Une guerre sans merci qui l'avait peu à peu hissé au sommet de la Camora, puis à la direction principale de la famille romaine.

Bien sûr, il était maintenant retiré des affaires, mais on disait que son influence était encore immense et qu'il montait et démontait à sa guise les gouvernements italiens. Mais on avait aussi dit qu'il avait toujours mis un point d'honneur à ne pas toucher aux narcotiques, or, il était bel et bien là.

— Qu'est-ce qui te fait dire que c'est lui ? questionna Juan Perez en remontant ses Ray-Ban fumées sur son large nez.

— Je reconnais la méthode. Le grand Fumier, je sais le reconnaître à la trace.

Antonio Linares, l'ancien copain du dictateur Batista, prit le relais. Avec un petit sourire un peu crispé, il affirma :

— Bolan ne serait jamais assez fou pour venir à Cuba. Il sait qu'une fois repéré, il n'en ressortirait jamais.

— Ouais, fit de nouveau Barral. Ce genre de tordu se croit toujours infaillible.

Un petit ricanement s'éleva. Antonio Linares. Lissant ses longs cheveux presque blancs d'une main précieuse, il éleva son verre de Johnnie Walker dans la lumière d'une lampe en affirmant d'un ton serein :

— Si c'est bien lui, cette fois, il est fichu.

— Il va crever, oui ! s'exclama le Colombien Perez.

Il avait encore en mémoire le terrible blitz que l'Exécuteur avait déclenché dans son pays deux ans plus tôt et sa voix était tombée comme un couperet. Elle résonnait encore dans le grand bureau de la villa et Barral se dit que le *consigliere* de Faenza aurait dû faire du cinéma. Gueule de méchant et tout. Au moins un mètre quatre-vingt-cinq, une grosse tête juchée sur un cou puissant, avec des yeux de serpent... à lunettes et une bouche si grosse qu'on avait toujours l'impression qu'il mangeait.

— On va lui couper les couilles, au grand Fumier ! s'emporta encore Barral. Et on lui fera bouffer.

— Comment tu feras ça, Stan ?

C'était sorti tout doucement de la bouche du seul homme encore muet jusqu'alors.

Don Rafaele Guzza.

De son regard délavé et tranquillement inquisiteur, il fixait Barral, vaguement ironique. Très vaguement. Il ne souhaitait pas être méchant. D'ailleurs, il avait tué ou fait tuer des centaines de types sans la moindre méchanceté. Par simple nécessité. Ce fut donc sur un ton tout juste moqueur qu'il assena :

— Je constate que jusqu'à maintenant, il est le seul à faire la guerre.

Allusion non dissimulée aux discours non accompagnés de faits.

Directement concerné, Stan Barral demanda :

— Vous avez bien dit : « comment je vais m'y prendre », Don Rafaele ?

Malgré les nouvelles méthodes et les générations passées, la plupart des *mafiosi* parlaient encore *de*... et *à* Guzza avec respect. Il avait encore énormément de relations. Partout dans le monde et à tous les niveaux. De sa villa de Nettuno où il s'était retiré, il communiquait avec le monde entier. Et avec les plus grands.

— J'ai bien dit ça, mon petit Stan, renvoya le vieux Don d'une voix presque douce. Et ma question reste posée.

Il était sans doute le seul *mafioso* à n'avoir jamais élevé la voix de sa vie. Et pour cette assurance-là, Barral se mit à le haïr. Fort. Mais il avait heureusement une carte-maîtresse dans sa manche. Il dit :

— Moi, dit-il, je vais rien faire, Don Rafaele. Rien.

— Rien ?

Toujours la même ironie dans le ton. Et derrière les lunettes carrées de Guzza, les petits yeux délavés luisaient comme ceux d'un chat s'amusant avec une souris.

— Rien, persista Barral. Parce qu'on est à Cuba, et qu'à Cuba, il y a des autorités légales pour arrêter un type comme lui.

Les yeux du vieux Guzza brillèrent encore plus.

— Les autorités, hein ? Tu veux sans doute parler de la police ? Tu veux dire que toi, un homme d'une des plus importantes de nos familles, tu compterais sur la police pour faire arrêter ton ennemi ?

— Affirmatif. La police.

Le ton de Barral montait de plus en plus. Il avait vraiment envie de massacrer ce petit vieux, et en plus, il en avait une trouille bleue. Aussi se dépêcha-t-il d'abattre sa fameuse carte-maîtresse. Et il le fit avec la joie hargneuse du gagneur à tous crins :

— Quand le grand Fumier voyage à l'étranger, dit-il en fusillant ses interlocuteurs d'un regard vengeur, il le fait toujours sous son nom d'emprunt. Une sorte de code.

— On s'en doutait un peu, renvoya Antonio Linares en adoptant l'attitude du vieux Parrain de Nettuno. Cela voudrait-il dire que tu le connais, ce code ?

— Affirmatif, lâcha triomphalement le conseiller de « Pépé » Robertino.

Il marqua un temps destiné à ménager ses effets, ouvrit la bouche et...

— Dakota. Le code actuel de Mack Bolan est Dakota.

C'était la voix tranquille de Don Rafaele Guzza qui avait dit ça. Pas celle de Barral. Celui-ci resta tout bête, la bouche ouverte et les yeux dilatés de surprise. Puis il laissa fuser un peu d'air de ses poumons et demanda d'une voix blanche :

— Vous... vous saviez ?

Le Parrain de Nettuno hocha sa tête grise et racée, confirma :

— Depuis longtemps. Mais cela ne sert à rien de connaître cette fausse identité, mon petit Stan. A rien. Car le grand Fumier, des passeports, il en a sans doute à revendre. Des passeports parfaitement en règle et nantis de tous les visas nécessaires.

Un silence de mort tomba dans le grand bureau luxueux d'Antonio Linares. Un silence que Don Rafaele combla aussitôt, toujours sur le même ton indulgent et vaguement ironique :

— Crois-tu qu'un homme capable de décimer depuis aussi longtemps nos soldats serait venu ici sans un minimum de précautions, mon petit Stan ?

Nouveau silence. Mais contrairement à ce qu'attendait sans doute tout le monde, Stany Barral n'eut pas l'air plus consterné que ça. Au contraire. Car en effet et contre toute attente, un rictus triomphant étira un côté de sa bouche. Et devant la question que chaque regard lui posa à cet instant, il ne retarda plus l'immense plaisir d'abattre sa fameuse carte-maîtresse. D'un geste emphatique, il tira de sa poche intérieure de veste un porte-cartes en serpent, l'ouvrit, en sortit un bristol glacé qu'il posa bien en évidence au milieu de la grande table basse autour de laquelle ils étaient tous assis, puis, se redressant, il plongea son regard dans celui de Don Rafaele et, avec un sourire plein de fiel, il déclara :

— Ceci est une reproduction du portrait-robot de Mack Bolan. Un portrait-robot établi sur les instructions de la *Commissione* et qui a été distribué à toutes les familles importantes, qu'elles soient américaines ou de tout autre pays. Dès demain, il suffira d'en faire tirer quelques centaines pour que chaque *seguroso*, chaque membre de la milice territoriale de ce pays en possède un exemplaire. Bien sûr, ajouta-t-il plein de suffisance, nous veillerons particulièrement à ce que le G2 et les autorités portuaires de l'air et de mer en soient abondamment pourvues.

Un silence ponctua ce discours pompeux et Barral laissa son auditoire digérer l'événement, avant d'achever, catégorique :

— Demain, Mack Bolan le grand Fumier sera devenu l'ennemi public N° 1 de la République démocratique de Cuba.

Il observa un autre temps mort, assena :

— Le grand Fumier est venu lui-même se foutre dans le piège. Il est cuit.

Le moment qui suivit fut un vrai régal pour le *consigliere* de « Pépé » Robertino. D'un coup, il était devenu important. Si cela continuait, s'il marquait encore quelques points comme celui-là, il n'allait pas tarder à baiser « Pépé » lui-même.

Ce n'est pas parce qu'on est copains d'enfance...

Les trois autres regardaient Stany Barral comme s'il venait de réussir un exploit. Il les regarda à son tour l'un après l'autre, finissant son examen par Don Rafaele. Et il se sentit cette fois largement payé des petits déboires encaissés plus tôt. Car Don Rafaele avait complètement changé d'expression. Le sourire vaguement moqueur avait déserté ses vieilles lèvres blêmes et derrière les lunettes carrées, le regard délavé avait perdu sa pétillante ironie.

Au contraire, il reflétait à présent quelque chose de très différent. Quelque chose qui réchauffait le cœur de Stany Barral.

De l'étonnement.

Et de la considération.

Enfin, le vieux Parrain de Nettuno hocha doucement la tête, puis il sourit cette fois franchement pour déclarer de sa voix douce et tranquille :

— Bravo, mon petit Stan.

Il hocha de nouveau sa tête grise, répéta d'un ton pénétré qui enivra littéralement Barral :
— Bravo.

CHAPITRE XVIII

— Le *señor* Lieme est en voyage, *señor*.

Mack Bolan écarta le combiné du téléphone de son oreille. Les parasites qui en sortaient ressemblaient à des rafales de P.M. Il répondit :

— Je sais. C'est moi qui vous ai appelé ce matin. Dakota.

Sur la « recommandation expresse » du *señor* Canna, bien entendu.

— Ah *si, señor* Dakota. Je vous attendais. Connaissez-vous le quartier de Zamorana ?

Si Bolan connaissait ! Après un parcours harassant de plus de 750 kilomètres en voiture par des routes bordées de palmiers mais pas toujours absolument idylliques, il arrivait à peine à Santiago de Cuba.

Heureusement, il avait pu un peu se reposer en voiture. Car dès l'aube, il était allé trouver Sandro Cortal, le petit ami de Pedro Gomez, auquel il avait remis la bague endiamantée, sans lui dire exactement comment il l'avait récupérée. Effondré mais digne, le jeune garçon avait encaissé la triste nouvelle en lâchant seulement d'une voix triste:

« Je lui avais dit que tout ça finirait mal. »

Puis, aussitôt, il avait demandé à Bolan comment il pouvait venger son Pedro et l'Exécuteur lui avait répondu qu'il vengerait très bien Pedro s'il lui prêtait une voiture pour la journée. Hélas, celle du jeune homme, une très antique Panhard des années 60, venait de rendre définitivement l'âme. Pour un peu, le bel éphèbe s'en serait arraché les tresses.

Alors, l'Exécuteur s'était souvenu de la carte.

Celle que lui avait remise le chauffeur de taxi à son arrivée à Cuba. Il l'avait appelé, l'avait trouvé au saut du lit et lui avait posé la question de confiance.

Une voiture à louer pour un jour ou deux.

Trop heureux de rendre service, l'édenté avait battu le rappel de ses relations et, une heure à peine plus tard, il avait pu annoncer la bonne nouvelle à Bolan qui le rappelait:

« Je l'ai trouvée, *señor*! Une pure merveille! »

En fait de merveille, c'était surtout une merveille de rafistolage. Une Lada vieille de quinze ans qui n'avait dû carburer qu'au pétrole brut, tant l'odeur de sa combustion était épouvantable. Mais le chauffeur de taxi avait assuré à Bolan qu'elle tournait « du feu de Dieu » et, faisant contre mauvaise fortune bon cœur, il avait accepté de payer les cent dollars de location.

De quoi nourrir dix familles cubaines pendant un an.

A condition qu'elles trouvent de quoi acheter.

Maintenant, courbatu par les terribles trépidations de la « pure merveille », Bolan venait de s'arrêter devant la seule cabine téléphonique trouvée à Santiago. A la gare de chemin de fer, devant le terminal maritime de la baie de Santiago. Il n'était que huit heures du soir.

Et en plus, le téléphone fonctionnait.

— Je connais Zamorana, mentit Bolan pour gagner du temps.

— Dans ce cas, *señor*, fit le « secrétaire » de Hans Lieme, c'est facile. Vous prenez l'Avenida Carson, vous tournez sur le cours du 12-Août et, trois rues plus loin, vous prenez à gauche dans la Calle Aguilera. Vous ne pourrez pas vous tromper. L'entrée de la cour est mitoyenne des magasins du *señor* Lieme. Je vous y attendrai. Dans une demi-heure.

Bolan raccrocha, regagna la Lada où le filiforme et délicat Sandro s'était assoupi.

Réveillé en sursaut, les traits tirés par la fatigue et le chagrin, le jeune homo battit des cils humides pour demander :

— Alors ?

— On y va, déclara l'Exécuteur. Vous m'attendrez dans la voiture.

Bolan au volant, ils remontèrent l'Avenida José Saco, contournèrent la Plaza de Marte et tombèrent dans la Calle Aguilera quasiment par hasard. Il faisait une chaleur poisseuse et, malgré les vitres baissées et les alizés venant de la mer, ils transpiraient à grosses gouttes. A croire que la saison des pluies était sur le point de commencer. L'Exécuteur repéra les magasins de conserves alimentaires en gros de Herr Hans Lieme, engagea aussitôt la Lada dans une cour étroite aux pavés défoncés.

Méfiant, il avait quand même dissimulé le Mendoza sous son siège et coincé le 357 Magnum de feu Ortiz dans sa ceinture. Mais outre la vente illicite des armes de guerre, le « secrétaire » de Hans Lieme ne devait pas avoir grand-chose à se reprocher, tant son sourire commercial fut large et franc pour l'accueillir. Petit et mince comme un fil, il esquissa une courbette devant Bolan.

— Mon nom est Roméo, se présenta-t-il aussitôt. Je suis le « secrétaire » particulier du *señor* Lieme qui me fait toute confiance. Veuillez entrer, je vous prie.

Il ouvrit une porte basse dont le blindage devait provenir d'une carcasse de tank, descendit deux marches aux pierres usées et le précéda dans un vaste entrepôt bourré jusqu'au plafond de caisses de conserves. Il le guida tout au fond, manœuvra un Fenwick pour déplacer quelques palettes et invita Bolan à se glisser dans l'espace ainsi dégagé.

— Voilà, *señor*, dit-il avec le ton satisfait que donne le travail bien fait. Tout est dans ces caisses.

Au moins douze caisses.

Déjà, le petit « secrétaire » avait sauté de son engin. Armé d'un pied de biche, il commençait à soulever les couvercles des caisses. L'un d'eux sauta avec un bruit sec et le Cubain invita Bolan à regarder :

— Nous venons de recevoir ceci.

Il fit sauter un autre couvercle, ajouta :

— Et ça aussi.

Quand il eut terminé d'ouvrir les douze caisses, Bolan se pencha au-dessus de la première, souleva un carton gras, mit à jour un alignement de XM 148, c'est-à-dire de M. 16 équipés de lance-grenades Colt de 40 mm. Dans une autre, il y avait assez de Kalashnikov AK-47 soviétiques pour recommencer la révolution et, sous d'autres papiers gras, il découvrit successivement un échantillonnage varié de diverses armes de poing comme de vieux Colt 45 qui avaient dû faire la campagne du Pacifique, des revolvers d'ordonnance de l'Armée des Indes, une douzaine de pistolets Type 80 en 7,62 mm et chargeurs de 20 cartouches, copies chinoises du mémorable Mauser C/96, quelques 38, Colt et Smith et Wesson, tant en automatiques qu'en revolvers. Dans la dernière caisse, outre suffisamment de grenades US à fragmentation pour faire sauter le siège du G2, à la Bank of Sri Lanka, il y avait aussi une mitrailleuse Browning de 50 avec ses terribles projectiles. Mais au moment où Bolan allait encore soulever un couvercle, on frappa à la porte de l'entrepôt et le petit « secrétaire » s'excusa d'un sourire.

— Je reviens tout de suite.

Quand il revint deux minutes plus tard, son sourire n'avait pas varié. Il attira Bolan un peu plus loin, lui montra tout un lot de mortiers... US ! Des M30. Des engins aux canons rayés de 107 mm. Le commerce ne faisait pas de politique.

— C'est pour le Honduras, *señor*, précisa le marchand. Mais je peux vous en céder une pièce ou deux. J'ai aussi une ou deux caisses d'explosifs variés, continuait imperturbablement le petit Cubain. Dont un beau stock de simplex. Avec leurs détonateurs à dépression.

Le Cubain prenait sans doute Bolan pour un terroriste.

Bolan songea aux murs de la fameuse villa-forteresse où logeait la brochette internationale d'*amici* et se décida. Finalement, le simplex serait sans doute le bienvenu. Accompagné bien sûr d'un mortier, d'un XM 148-M. 16, et de tout un stock de munitions diverses.

— Il ne manquera plus que les avions et les sous-marins, *señor*, plaisanta le Cubain.

Bolan esquissa une ombre de sourire glacé qui demeura un instant figé sur ses lèvres. L'ironie du marchand venait de déclencher un souvenir dans sa mémoire. Un souvenir qui allait peut-être s'avérer extrêmement utile pour la suite de son blitz.

Mais il ne fallait pas vendre la peau de l'ours...

Le marchand réussit l'ultime prouesse de lui vendre un magnifique 44 Magnum modèle 29 S & W presque neuf. Superbe fauve en acier stainless de deux kilos.

— Combien le tout ? questionna Bolan.

Cette fois, le sourire du « secrétaire » menaçait de lui couper la tête en deux, tant il s'était soudain élargi.

— Presque rien, *señor* ! Presque rien !
— Combien ?

Le regard glacé de l'Exécuteur le doucha et il bredouilla :

— Dix mille dollars, *señor*. Seulement dix mille.

Les fameuses fluctuations du marché de l'occasion. Mais l'Exécuteur ne voulait plus dilapider son trésor de guerre. Maintenant, il y avait la Fondation Miséricorde, le petit Cheng et tous les enfants. Il fallait veiller au grain. Investir était la politique instituée par Viviane Beck, la jeune Helvète qui s'occupait avec passion et rigueur de la Fondation.

— Quatre mille, laissa tomber Bolan.

Voyant que l'autre allait ouvrir la bouche, il gronda de sa voix d'outre-tombe :

— Et ça peut encore baisser.

Réalisant qu'il avait affaire à un pro, le Cubain abdiqua. Quand l'Exécuteur quitta la boutique avec son fardeau, il faisait complètement nuit et la température avait légèrement fraîchi. Sitôt dans la Lada, il lança à Sandro Cortal qui s'était remis au volant :

— C'est O.K. On y va.

Mais alors que la Lada débouchait dans la rue, son regard accrocha un visage. Celui d'un type assis au volant d'une vieille Olsmobile bleue. Juste sous un réverbère. L'autre le vit aussi et leurs yeux se croisèrent.

— Stop ! jeta Bolan.

Etonné, Sandro Cortal pila et en sautant du véhicule, l'Exécuteur fut certain de ne pas se tromper. Le type ressemblait exactement à sa photo.

Une photo remise à Bolan par Brognola.

En se penchant à la glace ouverte de l'Olsmobile, l'Exécuteur articula de sa voix grave :

— Salut, lieutenant.

— Salut, répondit Sam Mellors en se fendant d'un sourire éblouissant.

C'était un costaud de type irlandais, avec des yeux d'un bleu si vif qu'ils en paraissaient fluorescents. Bien sûr, Brognola lui avait montré un portrait de Bolan et il l'avait reconnu également.

— Qu'est-ce que tu fous ici ? questionna l'Exécuteur.

Malgré tout, cette rencontre impromptue devant chez le marchand d'armes le troublait. Mellors se hâta de clarifier la situation :

— Sans Miguel Amado, tu ne pouvais plus me contacter, dit-il. C'est pourquoi j'ai eu l'idée de demander à Roméo de me prévenir si un type dans ton genre venait se ravitailler. Ici, Hans Lieme est connu comme le loup blanc. Mais pour le payer du service, je l'ai laissé faire affaire avec toi avant de me montrer.

Il sourit de nouveau, acheva en indiquant du pouce l'arrière de la voiture.

— Ton arsenal. Dans le coffre.

Bolan apprécia d'un petit sourire.

— O.K., dit-il. Je pense que tu ne resteras pas lieutenant longtemps.

— J'ai pas fait ça pour monter en grade,

vieux. Juste pour aider un concitoyen. Et pour empaffer Castro, ajouta-t-il, heureux.

L'Exécuteur chargea son sac « arsenal » dans le coffre de la Lada, serra la main du sergent Mellors.

— Merci, dit-il.
— *Good luck*, renvoya ce dernier.

Ils ne se reverraient sans doute jamais, et le sergent serait toujours persuadé qu'il avait participé à une opération subversive montée par des barbouzes.

Toujours le syndrome de la Baie des Cochons.

Cette fois, la Lada prit résolument la route de La Havane.

Elle y parvint exactement douze heures plus tard. A neuf heures du matin. Fumante et grinçante, elle franchit un barrage militaire qui n'y était pas la veille. Mais personne ne s'intéressa à la Lada et cette dernière quitta bientôt la Via Blanca. Devant la Clinico Quirùrgico, elle enfila l'Avenida Calzada de l'Infante, traversa l'Avenida Salvador Allende étonnamment encombrée de véhicules militaires et de police. Bolan déposa Sandro Cortal devant son domicile de la Calle Zanja et piqua vers l'est pour rallier le *Nacional*.

Mais alors qu'il allait engager la Lada sur la rampe du parking, une ombre bondit à la portière de Bolan comme un boulet de canon.

Mû par ses réflexes foudroyants, l'Exécuteur avait déjà la main posée sur la crosse du 357 glissé dans sa ceinture.

— *Señor, señor!*

Un gamin !

La main de Bolan quitta sa ceinture. Sans doute un petit cireur de chaussures qui tentait sa chance.

— *Señor!* répéta le garçonnet. Pas rentrer hôtel. Pas rentrer !

Tous les sens subitement en alerte, l'Exécuteur lança un regard aigu aux alentours. Sans rien repérer de particulier.

— *Señor*, jeta encore le gamin. Il ne faut pas aller à l'hôtel. C'est le *señor*, celui de là-bas, qui a dit ça.

Il tendait la main vers une Mercedes bleue d'un ancien modèle qui stationnait non loin de là. Bolan sentit une poussée d'adrénaline fulgurer dans ses artères. Mais le gamin insistait, pressant :

— Pas l'hôtel, *señor!* Dangereux ! Très dangereux !

Déjà, l'enfant avait déguerpi, laissant l'Exécuteur à son dilemme. Prêt à sortir sa mini-Uzi qui avait avantageusement remplacé le Mendoza sous son siège. Mais subitement, il vit la glace arrière de la portière de la Mercedes s'abaisser légèrement et une longue main pâle apparut dans l'ouverture, lui faisant signe de venir.

L'Exécuteur n'hésita qu'une seconde. Si c'était l'ennemi, on n'aurait pas pris la peine de le faire prévenir. Il fit revenir la Lada sur la rue, la gara derrière la Mercedes et, main engagée sous le blouson pour tenir la crosse du 357, il avança vers la portière qui s'ouvrait.

Quand il se pencha pour regarder à l'intérieur du véhicule, il comprit qu'il s'était trompé. C'était bien l'ennemi qui l'avait fait prévenir.

— Bonjour, *mister* Bolan.

La voix de Don Rafaele Guzza était douce. Trop, pour un vieux pourri.

CHAPITRE XIX

La voix douce du Parrain de Nettuno s'était tue et un épais silence s'était abattu à l'intérieur de la Mercedes. Au-delà de la glace très impérialiste qui séparait l'arrière de l'avant, la nuque rasée du chauffeur sous le liséré sombre de la casquette demeurait parfaitement immobile.

— Ne vous inquiétez pas, avait assuré Don Rafaele un instant plus tôt. Ricardo est le chauffeur attitré de mon ami Linares. Et cette glace est très épaisse.

Maintenant, Bolan fixait cette nuque en essayant d'analyser clairement la situation. Finalement, il secoua la tête, décréta :

— Je ne peux accepter votre proposition.

L'ancien *capo* de Rome hocha lentement sa tête grise et derrière ses lunettes carrées, des lueurs passèrent dans son regard délavé.

— Je comprends, *mister* Bolan, dit-il. Mais sans l'imbécillité de Barral qui n'a pas pensé aux hôtels et sans cette chance que j'ai eue de trouver tout de suite dans lequel vous étiez descendu, vous auriez déjà sans aucun doute des tas d'ennuis. La Sécurité cubaine n'a rien de commun avec une bande de porte-flingues. Ce sont des gens organisés, efficaces et bien armés. De plus, eux sont la police officielle. Or, je sais que vous répugnez à vous servir de vos armes contre les autorités légales d'un pays. Vous y auriez laissé votre peau, ou à tout le moins votre liberté.

Don Rafaele soupira, souffla :

— Vous n'imaginez peut-être pas l'inconfort des cellules cubaines.

— Si, fit Bolan. J'imagine. Mais ce que je ne comprends pas encore très bien, c'est la raison profonde qui vous a poussé à agir contre les vôtres et pour moi.

— Je n'ai pas agi contre les autres, rectifia le vieux Don. J'ai seulement contrecarré les plans de cet imbécile de Barral.

— Pourquoi, exactement ?

Jusqu'alors, le Parrain de Nettuno n'avait fait que proposer son aide à l'Exécuteur. Sans rien dévoiler de ses raisons. Cette fois, il esquissa un pâle sourire, laissa tomber, mi-ironique, mi-amer :

— Il faut absolument que vous viviez.

— Ça ne me dit pas pourquoi ?

— Pour me venger.

— Hein ?
— Pardon, reprit Guzza. Je voulais dire, pour *nous* venger.
— Je ne saisis pas.
Le regard du Don fouilla celui de l'Exécuteur.
— Nous avons un ennemi commun dont *moi*, je ne pourrai pas me venger. Je n'avais pourtant accepté ce *deal* cubain que dans ce but. Vous savez sans doute que je n'ai jamais touché au marché de la drogue de toute ma vie.
— Exact. Mais je ne comprends toujours pas le rapport.
— Il est simple, *mister* Bolan. Très simple, fit rêveusement Don Rafaele Guzza. Cet ennemi commun dont je viens de parler porte un nom que vous connaissez bien.
— Lequel ?
Guzza laissa passer un court silence avant d'assener :
— Hernie Garth.
Nouveau silence. Plus épais encore. L'Exécuteur digérait l'information. Au bout d'un moment, il déclara :
— O.K.. Je peux savoir ?
Le visage émacié du vieux Don se creusa comme sous le coup d'une fulgurante maladie. Puis, son regard délavé se perdit dans le vague et, d'une voix altérée, il résuma, volontairement lapidaire :

— Elle s'appelait Anna, elle était mon unique petite-fille et elle est morte d'une overdose.

Il se tut et Bolan respecta son silence un moment avant de déclarer :

— Je vois. Hernie Garth ?

— Oui, fit sombrement le Don. Hernie Garth. C'est lui qui a initié Anna à la drogue, lui dont elle fut si éperdument amoureuse qu'elle n'hésita pas à le suivre dans cette voie. Malgré mes avertissements répétés et ce qu'elle savait de mon opposition... « professionnelle » à ce sujet.

Il marqua un temps, acheva.

— C'est Hernie Garth qui l'a tuée.

— Je vois, répéta Bolan après un moment. Vous avez retrouvé la trace de Garth à Cuba et vous avez dû accepter cette *drug-association* cubaine pour vous venger.

— Exact.

— Seulement, vous n'avez pas pu le faire.

— Exact.

— Garth est-il déjà reparti ?

Guzza secoua la tête.

— Non. Maintenant que la chasse à l'homme contre vous est lancée par cet imbécile de Barral, il se terre chez son ami et employeur le capitaine Trajoz. Et il y restera tant qu'il vous saura dans les parages. C'est un lâche.

Il avait laissé tomber les derniers mots avec tant d'amertume que l'Exécuteur se surprit à oublier à qui il avait affaire. Oubli qui ne dura qu'une seconde ou deux. Don Rafaele avait des centaines de morts sur la conscience. Toutefois, il était également connu qu'il n'avait jamais voulu toucher aux stupéfiants.

— De toute façon, dit encore le vieux parrain, votre blitz cubain est compromis. Alors, autant accepter ma proposition et sauver votre peau. Les autres, vous les aurez plus tard.

Un autre silence, puis :

— Garth aussi.

— A moins que ce soit vous, fit valoir Bolan avec une esquisse de sourire de fauve.

Guzza amorça un geste fataliste.

— Si Dieu le veut. Je suis vieux et malade. Ben voyons !

L'Exécuteur réfléchissait à toute vitesse. Il pesait le pour et le contre. Bien sûr, il pouvait tenter la prise du maquis en s'installant chez Sandro Cortal et en attendant des jours meilleurs, mais Cuba était une vaste prison et il connaissait l'efficacité du G2. Les risques étaient réels. Trop importants. Or, il y avait bien sûr son blitz et sa vengeance combinée, mais surtout, il y avait la Fondation Miséricorde et le petit Cheng.

Cheng qu'il s'était certes juré de venger... mais qu'il avait aussi décidé de tirer de son cauchemar muet.

La vengeance serait pour plus tard. Forcément.

— O.K., accepta-t-il brusquement.

— A la bonne heure! renvoya Guzza, visiblement soulagé.

— Mais à une condition, le doucha aussitôt l'Exécuteur.

Le vieux Don hésita, le jaugea, soupira:

— Laquelle?

Alors, l'Exécuteur se pencha vers lui et, comme s'il craignait quand même les oreilles du chauffeur, il dicta sa condition.

A voix basse. Comme une confidence.

C'était quasiment l'échec. L'Exécuteur n'avait opéré qu'un début de blitz éclair à Cuba. Mais au moins, il espérait avoir convaincu le vieux Rafaele Guzza. Si le Don respectait sa parole, ça ne serait plus tout à fait un blitz avorté.

De toute façon, il était maintenant quatre heures du matin et il n'avait plus le temps de se poser des questions. Le *Tania*, le cargo de canne à sucre du *señor* Antonio Linares allait appareiller dans quelques minutes. Formalités de douane accomplies et cargaison vérifiée. Il fallait faire vite. Le quai d'embarquement était tout à l'autre bout du grand port Antarès de La Havane.

Juste le temps d'y arriver.

Invisible dans l'ombre et tous feux éteints, la Lada attendait, Sandro Cortal au volant. Avec l'ordre de déguerpir sans lui à la moindre alerte.

Mais alors que Bolan resserrait les plombs du container qu'il venait de refermer, son instinct de guerrier l'alerta soudain.

— Salut, Fumier !

Un temps mort, puis :

— Je savais que cet enculé de Guzza nous doublerait. Je savais que je te trouverais ici.

Bolan avait senti venir le danger. Mais trop tard. D'un saut dément, il plongea au sol. Dans le même temps, la mini-Uzi qu'il avait accrochée en sautoir sur la sinistre combinaison noire s'était logée dans ses mains.

Les premières détonations claquèrent dans la nuit comme des pétards de fête. Mais les zonzonnements lugubres des ogives brûlantes ricochant sur l'acier des containers n'avaient rien de joyeux. Heureusement, l'habitude de la guerre qu'avait depuis longtemps l'Exécuteur le sauva *in extremis*.

Provisoirement.

Une autre rafale claqua et il sentit le vent mortel lui érafler une oreille. Pourtant, il n'avait pas tiré. Pas encore. D'abord localiser l'ennemi.

— Alors, Fumier, tu te planques ? T'as les jetons, hein ?

Il était tombé sur un bavard. Tant mieux. Cela signifiait à la fois que le type avait peur et qu'il serait plus facile à « loger ».

— Montre-toi, Bolan !

Voix sèche. Accent US. Mais dans la nuit, impossible de savoir à qui on avait affaire. Bolan plongea une nouvelle fois, se glissa dans un espace réservé entre deux colonnes de containers. D'autres balles sifflèrent non loin de lui et l'une d'elles ricocha même de telle sorte qu'elle frappa le talon de sa « ranger ». Sans gravité. Il se déplaça sur la droite, perçut un bruit léger au bout du « couloir » où il se trouvait.

Les pourris étaient au moins deux.

S'il se faisait tirer dans ce réduit, il était cuit. Aussi décida-t-il d'attaquer. Mais à sa façon. Déjà, le Cold Steel était dans sa main droite. Mini-Uzi dans la gauche et silencieux comme un fauve à l'affût, il se coula dans l'ombre, se repérant à présent à un autre son. Celui d'une respiration.

Hypertendu, le type respirait trop fort.

Bolan s'accroupit, avança encore, stoppa sa progression à l'angle des containers, attendant d'être sûr d'avoir parfaitement estimé l'adversaire. Puis, d'un élan souple, il fit un pas en avant, découvrit la silhouette à peine dessinée dans la nuit, envoya la lame du Cold Steel devant lui dans un fulgurant mouvement de balayage.

Bref et précis.

Il y eut une faible résistance, un gargouillis écœurant, suivi d'une rafale. Mais les balles ne criblèrent que le ciel et déjà, la mini-Uzi crachait la mort.

Deux fois.

A droite, puis à gauche.

Le pourri à la gorge tranchée n'était pas encore tombé que deux autres silhouettes s'effondraient en arrière. L'Exécuteur entendit des armes cogner par terre, puis le corps de l'égorgé se répandit enfin dans son propre flot de sang et ce fut le calme.

Pesant. Long. Puis, comme à regret, la même voix à l'accent US appela de loin :

— Eh, vous l'avez eu, les gars ?

Pas de réponse.

— Eh, Nick ?

Le dénommé Nick avait toutes les raisons de se trouver parmi les trois imbéciles déjà sur le chemin de l'enfer. Bolan ouvrit la bouche.

— *Yeah.*

— Nick ?

La voix américaine transpirait le soulagement.

— *Yeah!* répéta l'Exécuteur.

— Vous l'avez eu, le Fumier ?
— *Yeah*.

Ça devenait monotone. Mais rapide comme un serpent, l'Exécuteur était revenu au point de départ. Il s'accroupit de nouveau à l'angle du premier container, glissa un coup d'œil, aperçut une silhouette massive et une petite lampe-torche s'alluma.

L'imbécile.

L'Exécuteur bondit sans bruit, frappa le bras armé d'un coup de pied meurtrier. Le CZ Scorpion tchèque vola en l'air, tandis qu'à la même seconde, le bras droit du guerrier solitaire passait sous le menton de l'abruti.

Quand la terrible lame s'enfonça dans la gorge pour l'ouvrir d'une oreille à l'autre, le pourri battit des bras, accrocha une de ses mains à celle qui tenait le poignard et fit mine de vouloir l'arracher. Geste dérisoire qui ne s'acheva pas. D'un coup de genou dans les reins du type, Bolan le projeta au sol, accompagnant sa chute pour retirer le poignard.

Déjà virtuellement mort, l'autre gargouillait lamentablement. Son sang s'étalait sous lui, encore chaud, dernier symbole de sa vie de pourri.

Car dans la lumière frisante de la mini-torche tombée à terre sans se briser, l'Exécuteur venait de reconnaître les traits épais.

Ceux de Stany Barral.

Le *consigliere* de « Pépé » Robertino.

Par une amusante ironie du sort, la boucle venait en quelque sorte de se boucler au dernier moment. Loin de New York.

New York où l'Exécuteur comptait bien retourner très vite.

S'il arrivait jusqu'au cargo.

Car maintenant, des appels s'élevaient un peu partout et des lampes commençaient à s'allumer. Loin encore, des sirènes crevaient la nuit. Mais elles allaient s'approcher très vite. Dans une minute, le secteur serait très malsain. Impraticable. Alors, l'Exécuteur se rua en avant.

Vingt secondes plus tard, il butait presque dans la carrosserie de la Lada. De son siège, Sandro Cortal supplia d'une voix étouffée :

— Vite ! La Sécurité civile !

L'Exécuteur sauta en voltige dans le véhicule qui démarra en trombe. Tous feux éteints. Cortal semblait connaître le port de La Havane comme sa poche. Sans heurter le moindre obstacle, il fit hurler ses pneus en freinant à mort cinq cents mètres plus loin.

Juste à la poupe du *Tania*.

Le cargo d'Antonio Linares.

Mais la coupée avait été hissée et au bouillonnement de l'eau, Bolan comprit que les hélices tournaient. L'Exécuteur sentit son cœur rater un battement. Le guet-apens de Barral l'avait trop retardé. Le cargo appareillait sans lui!

— Vite! cria Cortal. S'ils nous surprennent ici...

Le cargo était déjà à deux mètres du quai. Mais Bolan accrocha le bras de Sandro.

— Viens, lança-t-il. Viens aux States. Je te ferai passer. Je te trouverai du fric. Tu referas ta vie.

Hésitation du jeune homme, un bref sanglot, puis:

— Ma mère est ici... mon pays aussi, *señor*.

Petit silence avant que Sandro Cortal n'achève:

— Et Pedro dort dans cette terre. Mais merci quand même. Partez vite!

L'Exécuteur ne sut pas s'il avait peur pour lui, pour sa propre sécurité ou simplement peur de ne pas résister à l'appel de la liberté. Il cria:

— Sûr?

— Sûr! Partez vite!

Alors, l'Exécuteur sauta à terre... avant de plonger littéralement dans le gouffre noir qui s'agrandissait entre le quai et le cargo.

A l'ultime seconde, il avait vu le marin laisser tomber l'échelle de cordes le long de la coque sombre. Il enregistra un effroyable choc dans tout le corps, rata la prise de sa main gauche, se sentit avalé par le gouffre. Sous lui, l'eau bouillonnait de plus en plus fort.

Dans une seconde, il serait haché par les hélices.

Mais à la dernière parcelle de temps suspendu, sa main gauche crocha dans quelque chose. Quelque chose qu'elle n'aurait lâché pour rien au monde.

— Vite, *señor*! Grimpez! S'ils vous voient, ils tirent.

L'Exécuteur se hissa, se retrouva basculant par-dessus un bastingage, se laissa retomber de l'autre côté. Dans une mare de gras qui lui poissa les mains et le reste. Mais quand il se redressa, un gros homme se rua sur lui pour l'entraîner :

— Mon nom est Arena, *señor*, se présenta l'homme en le pressant vers une porte de la passerelle. Armando Arena, reprit l'homme. Je suis le capitaine de ce rafiot. Et je suis bien content que ces enculés ne vous aient pas attrapé.

Pour qui Armando Arena prenait-il Bolan?

Sans importance. L'Exécuteur tourna la tête vers les quais, fut heureux de constater que la petite Lada fumante avait disparu. Avec Sandro Cortal et son chagrin.

ÉPILOGUE

La petite croix lumineuse de la lunette de visée de nuit se déplaça rapidement sur le décor luxueux. Autour de l'immense piscine, tout le gratin de Beverly Hills s'était réuni pour l'anniversaire de la star. Personne ne savait encore qu'elle avait le sida et que ses mois de splendeur étaient comptés. Mais qui aurait pu s'imaginer parmi ces gens gorgés de fric et de bons sentiments fabriqués par les médias que Rod Adams était homosexuel et drogué ?

La petite croix lumineuse se déplaça encore, s'immobilisa un instant sur le crâne blond du maître des lieux. Souriant, Adams avait l'air de ne pas savoir. Pourtant, c'était certain, il se savait condamné. Simplement, le comédien interprétait son ultime rôle.

Le plus beau.

Enfin, la croix lumineuse se déporta, rampa sur la foule anonyme, rencontra des visages connus, bougea de nouveau avant de s'immobiliser enfin complètement.

Sur le front étroit d'un gros brun au regard trop froid.

Celui de « Pépé » Robertino.

La croix frémit, ne bougea plus... jusqu'à la détonation qui la fit tressauter. Quand elle revint en place, un centième de seconde plus tard, le front étroit de « Pépé » Robertino s'ornait d'un trou bien rond. Un orifice d'où s'échappaient des flots de sang. Curieusement, les petits yeux trop froids avaient l'air de s'être humanisés au seuil de la Grande Obscurité.

Ils louchaient.

Ils louchèrent en fait jusqu'au moment où longtemps après que la panique eut vidé le parc de la belle villa, un médecin légal ne se penche sur eux pour les fermer.

Définitivement.

Mais à ce moment-là, l'Exécuteur avait depuis longtemps regagné son char de guerre. Il roulait vers l'intérieur. Vers le grand calme du Colorado.

Mission accomplie, boucle bouclée.

Soudain, alors qu'il venait d'allumer la radio de bord, le timbre du radio-téléphone résonna dans l'habitacle. Il ralentit, établit le contact mains libres et une voix s'éleva :

— *Striker ?*

La voix de Brognola.
— Affirmatif. Cinq sur cinq, répondit Bolan.

Puis la voix du fédéral :
— *Tu as écouté les infos ?*
— Pas encore.
— *Dommage. Tu aurais appris qu'un sous-marin a explosé cette nuit.*
— Ah ? fit hypocritement l'Exécuteur.
— *En plein golfe du Mexique*, poursuivit Brognola, imperturbable. *Les gardes-côtes n'arrêtent pas de retrouver des débris. Le FBI est sur place et selon les premiers éléments de l'enquête, il semblerait qu'il s'agisse d'un submersible appartenant à ce dingue... ce collectionneur fou brésilien. Ce* mafioso, *gros propriétaire terrien dont on dit qu'il fait assassiner les paysans qui s'incrustent sur leurs terres.*

Un temps mort, puis :
— *Tu vois qui je veux dire ?*
— Affirmatif, fit Bolan, laconique.
— *Eh, Striker ?*
— J'écoute.
— *Tu sais quoi ?*
— Non, bien sûr.
— *Eh bien, c'est drôle, mais toute la zone de l'explosion semble entièrement remplie de lait.*

L'Exécuteur esquissa une ombre de sourire glacé. Diluée dans l'eau, la coke, ça faisait un peu comme du lait. Surtout quand il s'agissait de tonnes. Drôle, effectivement. Ça prouvait en tout cas que le vieux Parrain de Nettuno avait tenu parole. Il n'avait révélé à personne qu'avant de quitter Cuba en catastrophe, Mack Bolan le Fumier avait piégé une des caisses de la cargaison de coke. A l'aide du simplex et d'un détonateur à compression. Résultat, descendu à une certaine profondeur durant son transport clandestin vers les States, le sous-marin, soi-disant destiné aux besoins d'un film révolutionnaire du *mafioso* brésilien, avait explosé.

Mais le guerrier solitaire n'avait pas envie de rire.

Il savait que sa guerre continuerait implacablement. Il savait que sa guerre durerait très longtemps... ou peut-être peu de temps encore.

En tout cas, jusqu'à sa propre mort.

— *Eh, Striker?*

— O.K., fit Bolan dans le micro. Merci, vieux. A bientôt.

Et il coupa le contact.

Maintenant, il avait besoin de calme, de fraîcheur et de vastes espaces. Des espaces vierges. Comme Dieu les avait créés aux origines. Des espaces de paix. Pour oublier sa guerre.

Juste un tout petit peu.

Mais le combat de Mack Bolan continue...

L'enseigne lumineuse portait l'inscription : Joey's bar. L'établissement pourri se tenait dans un quartier minable à l'est de Jersey City. Sa façade délabrée, son entrée à la peinture défraîchie témoignaient de la médiocrité de l'endroit et des gens qui en assuraient la marche.

A la vue de n'importe quel quidam, le bar recevait une clientèle surtout constituée de dockers et de camionneurs, mais aussi de malfrats de basse envergure, de dealers et de receleurs.

Officiellement, la boîte appartenait à Joey Martin, un ancien marinier qui avait surtout vécu d'expédients peu avouables tout au long de sa pseudo-carrière, avant de s'établir comme bistrotier. Au-dessus de la salle publique, l'étage abritait une salle de jeux clandestins où étaient seuls admis des personnages connus par la direction ou parrainés par les habitués. La police locale connaissait cette particularité de l'établissement, mais une sorte d'arrangement secret avait été passé avec le patron qui servait occasionnellement d'indicateur. On le laissait en paix moyennant des informations lorsqu'il y avait un casse ou une grosse opération dans ce secteur de la Côte Est.

Un bruit courait selon lequel plusieurs flics du J.C.P.D. touchaient des enveloppes pour fermer les yeux sur ce qui se passait dans l'établissement, ou qu'ils couvraient carrément d'importantes magouilles.

On chuchotait aussi que le jeu n'était pas la seule activité occulte des lieux. Le Joey's bar servait aussi de plaque tournante pour le dispatching de drogue en provenance de Miami.

Le vrai boss de la combine n'était évidemment pas Joey Martin, trop insignifiant. Celui qui avait la mainmise sur les opérations clandestines s'appelait Tony Salicetti. Ex petit maquereau de Brooklyn, Salicetti avait ensuite grandi très vite dans le milieu de New York, montant des affaires pour les gros bonnets et se faisant remarquer par son efficacité et sa discrétion. Le Joey's bar lui appartenait, de même que Joey Martin, ses deux serveuses et la demi-douzaine de filles qui y tapinaient. L'élégant Tony contrôlait également plusieurs autres boîtes à trafic multiple dans la grande banlieue new-yorkaise. Mais il n'était néanmoins qu'un petit chef de secteur qui devait rendre des comptes à un *capo* du New Jersey.

Mack Bolan se présenta dans l'établissement pouilleux à deux heures trente du matin. Il avait préalablement observé les alentours, noté les allées et venues, jusqu'à ce qu'il aperçoive la grosse Cadillac de Salicetti qui s'était garée une trentaine de mètres en amont. Le boss venait toujours récupérer le bénéfice des tables de jeu entre deux et trois heures, après que les derniers pigeons eurent quitté la salle du clandé. Invariablement, il était accompagné de quatre gardes du corps qui marchaient devant et derrière lui et tenait à la main une mallette reliée à son poignet par une chaîne. En ces lieux troubles, la méfiance était évidemment de rigueur.

Une douzaine de clients à moitié endormis étaient encore attablés ou accoudés au comptoir dans la salle envahie par un brouillard de fumée de cigarettes. Bolan était vêtu d'un costume en alpaga bleu-nuit à quatre cents sacs et portait des lunettes de soleil Ray-Ban légèrement teintées. Il promena un coup d'œil circulaire sur les consommateurs puis se dirigea vers Joey qui faisait ses comptes à la caisse.

— Va dire à Tony que Mike de Manhattan veut le voir, annonça-t-il en plantant son regard dans les yeux du tenancier.

L'autre releva la tête, une moue ennuyée sur le visage, tenta pendant quelques secondes de soutenir le regard du visiteur, cilla, puis demanda :

— Qu'est-ce que vous lui voulez, à Tony ?
— Va te faire foutre, Joey. Et magne-toi le cul, c'est urgent.
— Mike de Manhattan, hein ?
— Ouais. Vas-y tout de suite.

Lisez Sédition à El Paso en vente partout le 9 mars 1990

DÉJÀ PARUS

N° 1 : *Guerre à la Mafia*
N° 2 : *Massacre à Beverly Hills*
N° 3 : *Le masque de combat*
N° 4 : *Typhon sur Miami*
N° 5 : *Opération Riviera*
N° 6 : *Assaut sur Soho*
N° 7 : *Cauchemar à New York*
N° 8 : *Carnage à Chicago*
N° 9 : *Violence à Vegas*
N° 10 : *Châtiment aux Caraïbes*
N° 11 : *Fusillade à San Francisco*
N° 12 : *Le blitz de Boston*
N° 13 : *La prise de Washington*
N° 14 : *Le siège de San Diego*
N° 15 : *Panique à Philadelphie*
N° 16 : *Le tocsin sicilien*
N° 17 : *Le sang appelle le sang*
N° 18 : *Tempête au Texas*
N° 19 : *Débâcle à Détroit*
N° 20 : *Le nivellement de New Orleans*
N° 21 : *Survie à Seattle*
N° 22 : *L'enfer hawaiien*
N° 23 : *Le sac de Saint Louis*
N° 24 : *Le complot canadien*
N° 25 : *Le commando du Colorado*
N° 26 : *Le capo d'Acapulco*
N° 27 : *L'attaque d'Atlanta*
N° 28 : *Le retour aux sources*
N° 29 : *Méprise à Manhattan*
N° 30 : *Contact à Cleveland*
N° 31 : *Embuscade en Arizona*
N° 32 : *Hit-parade à Nashville*
N° 33 : *Lundi linceuls*
N° 34 : *Mardi massacre*
N° 35 : *Mercredi des Cendres*
N° 36 : *Jeudi justice*
N° 37 : *Vendredi vengeance*
N° 38 : *Samedi minuit*
N° 39 : *Traquenard en Turquie*
N° 40 : *Terreur sous les Tropiques*
N° 41 : *Le maniaque du Minnesota*
N° 42 : *Maldonne à Washington*

N° 43 : *Virée au Viêt-Nam*
N° 44 : *Panique à Atlantic City*
N° 45 : *L'holocauste californien*
N° 46 : *Péril en Floride*
N° 47 : *Épouvante à Washington*
N° 48 : *Fureur à Miami*
N° 49 : *Échec à la Mafia*
N° 50 : *Embuscade à Pittsburgh*
N° 51 : *Terreur à Los Angeles*
N° 52 : *Hécatombe à Portland*
N° 53 : *L'as noir de San Francisco*
N° 54 : *Tornade sur la Mafia*
N° 55 : *Furie à Phoenix*
N° 56 : *L'opération texane*
N° 57 : *Ouragan sur le lac Michigan*
N° 58 : *Bain de sang pour la Mafia*
N° 59 : *Piège au Nouveau-Mexique*
N° 60 : *Pleins feux sur la Mafia*
N° 61 : *La filière new-yorkaise*
N° 62 : *Vengeance à Hong-Kong*
N° 63 : *Chaos à Caracas*
N° 64 : *Le capo de Palerme*
N° 65 : *Nuit de feu sur Miami*
N° 66 : *Trahison à Philadelphie*
N° 67 : *Banco à Denver*
N° 68 : *La guerre de Sicile*
N° 69 : *Pluie de sang sur Hollywood*
N° 70 : *Complot à Columbia*
N° 71 : *Débâcle à Rio*
N° 72 : *Les sources de sang*
N° 73 : *Mort en Malaisie*
N° 74 : *Fleuve de sang en Amazonie*
N° 75 : *Tueries en Arizona*
N° 76 : *Arnaque à Las Vegas*
N° 77 : *La bataille du New Jersey*
N° 78 : *Flots de sang pour une vengeance*
N° 79 : *Raid sur Newark*
N° 80 : *Tempête de mort sur Istanbul*
N° 81 : *Alerte à Phoenix*
N° 82 : *Exécutions maltaises*

Hank Frost, soldat de fortune.

Par dérision,
l'homme au bandeau noir s'est surnommé

LE MERCENAIRE

Il est marié avec l'Aventure.
Toutes les aventures.
De l'Afrique australe à l'Amazonie.
Des déserts du Yémen
aux jungles d'Amérique centrale.
Sachant qu'un jour,
il aura rendez-vous avec la mort.

Chez votre libraire le n° 34

ARGENT SALE ET POUDRE BLANCHE

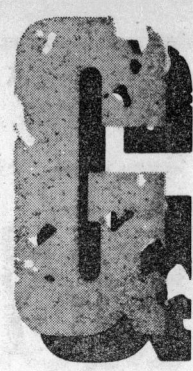

Comme taillée par un rasoir invisible, la blessure de l'ours s'agrandit soudain de part et d'autre, allant bientôt du cou au bas ventre, dispensant une splendeur qui illumina tout une partie de l'esplanade. Brusquement, on se serait cru en plein jour, au soleil de midi, à cette différence près que la lumière n'avait aucun caractère aveuglant, que l'on pouvait la fixer sans être ébloui. Puis les lèvres de l'incroyable entaille se mirent à battre, à claquer comme des voiles prises dans une tempête et Jag et Cavendish basculèrent alors en plein cauchemar.

LISEZ

DESTINATION APOCALYPSE

DÉJÀ CHEZ VOTRE LIBRAIRE

Découvrez les enquêtes de la

BRIGADE MONDAINE

qui osent enfin révéler les dossiers indiscrets des policiers pas comme les autres...

Chez votre libraire, le n° 101

FIANCÉES SUR CATALOGUE

L'holocauste nucléaire tout le monde y pense...
C'est arrivé !
Après la Troisième guerre mondiale. C'est le chaos,
l'horreur, et aussi la lutte pour la vie.
Dans un pays ravagé, livré à la famine,
où des hordes de motards et d'assassins sèment la
terreur, un homme recherche sa femme et ses enfants.
Sa quête le mènera, dans cette Amérique
de cauchemar,... au bout de l'enfer.
Mais John Thomas Rourke n'a qu'un seul but,
continuer...
Il est

CHEZ VOTRE LIBRAIRE LE N° 29

FRÈRES
DE SANG

Composé par Eurocomposition
Achevé d'imprimer en décembre 1989
sur les presses de l'imprimerie Firmin-Didot
à Mesnil-sur-l'Estrée

— N° d'imprimeur : 13633 —
— N° d'éditeur : Ex. 83 —
Dépôt légal : janvier 1990.

Imprimé en France